LEBENSKUNST GESCHICHTEN I von Horst Haug
DIE ALKOHOLGEISTER

LEBENSKUNST GESCHICHTEN I
von Horst Haug
DIE ALKOHOLGEISTER

Inhaltsverzeichnis

Impressum:

Bibliografische Information der Deutschen Nationalbibliothek: Die Deutsche Nationalbibliothek verzeichnet diese Publikation in der Deutschen Nationalbibliografie; detaillierte bibliografische Daten sind im Internet über dnb.dnb.de abrufbar.

Verlag: BoD · Books on Demand GmbH,
In de Tarpen 42, 22848 Norderstedt, bod@bod.de
Druck: Libri Plureos GmbH, Friedensallee 273,
22763 Hamburg

Auflage 2025   ISBN: **978-3-7693-2306-1**

Über den Autor

Der Autor Horst Haug (geb. 1957) studierte Elektroingenieur an der Fachhochschule Augsburg und arbeitete als Prüfingenieur.

Als er bei einem Kunden ein schweres Gerät heben musste, verdrehte sich sein Becken. Eine Operation zur Versteifung der Wirbelsäule oder sogar ein Leben im Rollstuhl wurden ihm diagnostiziert. Die Schulmedizin konnte ihm leider nicht helfen und Horst Haug begann, sich mit der sogenannten Alternativmedizin zu beschäftigen. Er wurde geheilt und erlernte Osteopathie, ein alternatives therapeutisches Verfahren zur Aufrechterhaltung oder Wiederherstellung der Funktionsfähigkeit des Knochengerüstes und der Harmonie im Körper.

Er arbeitet nun seit Jahren als Heilpraktiker mit dem Schwerpunkt (Kinder-) Osteopathie, PSYCH-K® und Dunkelfeld Mikroskopie.

Viele Angehörige von Alkoholerkrankten werden selbst krank. Sie können das Leid nicht mehr tagen. Diese Behandlungen waren der Anlass ein Buch mit Alkoholgeschichten zu schreiben.

Vorwort

Wir Menschen werden überhäuft mit negativen Meldungen und vergessen oft, das Gute in unserem Leben zu sehen. Es ist eine Kunst das Leben anzunehmen und zu erleben. Mein Buch soll dazu einen kleinen Beitrag leisten.

Warum heißt diese Buchreihe Lebenskunst? Wir werden geboren, leben und sterben. Die Kunst zu leben, zufrieden und glücklich zu sein, will gelernt sein. Ich will mit diesen Büchern den Kindern und den Erwachsenen die Lebenskunst nahebringen. Meine Mission ist es, die Lebenskunst in unsere Herzen zu pflanzen für ein besseres Leben.

In diesem Buch mit Märchen und Geschichten spielt Alkohol eine große Rolle. Diese thematisieren, dass viele Kinder in Deutschland durch Alkohol trinkende oder durch Drogen abhängige Eltern oder Geschwister traumatisiert sind. Alkohol wird als Teil der Tradition in unserem Land subventioniert und toleriert. Dieses Gift schleicht sich in unsere Gesellschaft und verursacht millionenfaches Leid.

Wenn Sie Anregungen oder Korrekturen haben, können Sie mich gerne anschreiben. Ich freue mich auch über eine Bewertung, bei Amazon oder BOD.

Horst Haug März 2025

Wie die Milchstraße entstand

Es war einmal eine kluge Kuh namens Berta, die mit vielen anderen Tieren auf einem Bauernhof lebte. Berta war fleißig und gewissenhaft und kannte auf der Wiese alle Kräuter und Gräser. Weil sie so überaus fleißig und klug war, führte sie alle Kühe der Herde an und war bei allen sehr angesehen. Selbst der Bulle des Hofes, der Roderos hieß, zollte ihr Respekt.

Als sie zweieinhalb Jahre alt war, merkte die hübsche Kuh Berta, dass sich Roderos für sie interessierte. Er schnupperte an ihr, und bald wuchs in Berta ein kleines Kuh - Kind. Nach etwa 280 Tagen kam das Kälbchen zur Welt, und Berta schleckte es ab und war sehr glücklich. Wie auf vielen Bauernhöfen so üblich, trennte der Landwirt das Kälbchen bald von ihr. Schweren Herzens musste sie schließlich zusehen, wie ihr Kleines nach einiger Zeit abtransportiert wurde.

Berta bekam jedes Jahr ein neues kleines Kälbchen. Doch alle wurden ihr immer nach einiger Zeit weggenommen und sie war jedes Mal sehr, sehr traurig.

Der Bauer war ein arbeitsamer Landwirt und ein guter Mann. Immer, wenn er Probleme hatte oder auch einfach so, trank er viel zu viel Alkohol. Im Laufe der Jahre wurde aus dem gutaussehenden und liebevollen Mann ein bösartiger Trunkenbold.

Er veränderte sich, je mehr er trank, und wurde zu einem groben und unberechenbaren Mann. Der Bauer trank immer mehr Alkohol und kam oft schwankend und lärmend nach Hause.

Durch die Alkoholkrankheit bekam er immer mehr Angst und fühlte sich verfolgt. Wegen der Angst wiederum musste er mehr trinken, um mutig zu sein und sich stark zu fühlen.

Oft dachte er auch: „Alle Menschen und vor allem meine Frau erzählen bei den Nachbarn bestimmt schlimme Sachen über mich". Das stimmte nicht, denn die Frau schämte sich für ihren Mann und vermied es über ihn zu reden.

Manchmal, wenn der Bauer wieder zu viel Alkohol getrunken hatte, schlug er grundlos seine Frau und seine Kinder, aber auch die Tiere. So verpasste er dem Hofhund einen Tritt, dass dieser weit durch die Luft flog. Die Hühner jagte er so sehr, dass diese laut gackernd über den Hof liefen und am nächsten Tag kein Ei legten. Die Kühe schlug er am liebsten, wenn sie im Stall zum Melken waren. Oft melkte der Bauer auch viel zu spät und die Kühe hatten Schmerzen, denn die viele Milch drückte und zog im Euter am Bauch.

Kühe können zwanzig Jahre alt werden. Doch die Kuh Berta gab nach fünf Jahren nicht mehr so viel Milch. Der Bauer dachte nach: „Hmm, was soll ich bloß mit einer Kuh, die mir mein ganzes Futter wegfrisst, aber kaum noch Milch gibt?" So plante er also, sie schlachten zu lassen, denn die Bauern wollen so viel Milch als möglich pro Kuh gewinnen.

Eines Tages, als alle Kühe auf der Wiese standen, erhob die Kuh Berta ihre Stimme; „Muhhh, kommt alle zusammen, ihr Tiere des Bauernhofs!", und so hielten sie eine Versammlung ab. „Wir müssen etwas gegen den bösen Bauern tun", sprach Berta, „so kann es doch nicht weitergehen." Die Hühner gackerten durcheinander und die Gänse schnatterten aufgeregt und flogen umher, aber sie hatten alle keine guten Ideen. Die Ziegen schlugen vor: „Määäh, wir zeigen es dem Bauern mit unseren Hörnern. Alle Tiere wollen sich nichts mehr von ihm gefallen lassen, Määäääh." Der Bulle Roderos scharrte mit den Hufen und auch das Pferd rannte auf der Weide auf und ab und suchte nach einer Lösung. Roderos rief schließlich: „Los, lasst uns den Zaun überwinden und in den Wald zu fliehen."

Nach einer lebhaften Beratung waren sich alle Tiere einig und der Bulle Roderos rannte gegen den Zaun an. Dieser bestand aus Holzlatten und zerbrach im Nu in viele Stücke.

Roderos führte die flüchtenden Tiere an und die Kuhherde lief in den Wald hinterher, ihnen folgten auch die Schafe, die Hühner, die Gänse und die Ziegen. Das Pferd schloss die Gruppe ab.

Staunend sahen sie im Wald viel Neues, denn die Tiere hatten den Hof zuvor noch nie verlassen.

Die Tiergemeinschaft traf auf Rehe und fragten diese nach dem richtigen Weg, weit weg vom Hof, wo keine Menschen wohnen? Doch die Rehe waren scheu und rannten ganz schnell weg.

Nur ein Wolf, der sich im Gebüsch versteckt hatte, blieb ganz ruhig stehen und schaute sich die „Prozession" der Tiere genau an. Das Wasser lief ihm im Munde zusammen, als er an das leckere Fleisch dachte.

Der Wolf trat nun hinter dem Busch hervor und die Tiere blieben erschrocken stehen. Er sah furchterregend aus und die Tiere hatten schon davon gehört, dass alle Wölfe böse seien.

Doch der Wolf sprach zu ihnen: „Ihr braucht keine Angst zu haben. Wölfe fressen nur tote oder kranke Tiere." Die Hoftiere atmeten auf und erzählten ihre Leidensgeschichte von ihrem Leben mit dem Bauern auf dem Hof.

Dem Wolf taten die Tiere leid und er entschied sich, den Hoftieren zu helfen. Er zeigte den verzweifelten Tieren einen Weg tiefer in den Wald hinein. Er hoffte: „So könnt ihr euch vor dem bösen Bauern verstecken."

Der Bauer hatte inzwischen seinen Rausch ausgeschlafen, denn wieder einmal hatte er zu viel getrunken. Er wunderte sich: „Wo sind bloß all meine Tiere hin?" Er lief in den Stall, zu den Gattern und hinaus auf die Weide, doch keines seiner Tiere war zu sehen. Er fragte alle seine Nachbarn, wo denn seine Tiere seien, doch auch diese konnten ihm nicht helfen.

Viele Menschen aus dem Dorf kamen, um die Ausreißer zu suchen und wieder einzufangen. Auch eine Jägerin mit einem Gewehr war dabei. „Besser eine tote Kuh zum Essen als gar keine Kuh", dachte sich der böse Bauer.

Die Tiere wanderten inzwischen einen schmalen Waldweg entlang. Sie freuten sich über all das Neue, die Bäume und Sträucher, die Blumen und die anderen Tiere im Wald.

Unterdessen hatte der Wolf seine ganze Sippe informiert und die Wölfe begannen zu heulen, um die Menschen abzulenken. Da knallte plötzlich ein Schuss! Die Jägerin versuchte den Wolf zu schießen, hatte ihn aber nicht getroffen. Wölfe sind sehr schlau. Die Wölfe waren so erschrocken, dass sie ganz schnell das Weite suchten.

Es war leicht für die Menschen, die Tiere zu finden. Die Jägerin war im Spurenlesen geübt und führte die Dorfbewohner zu den Hoftieren. Die Menschen trieben nun die Kühe und die Schweine, die Hühner, die Gänse, die Ziegen und die Schafe und auch das Pferd wieder zurück zum Bauernhof. Mit Ruten schlugen sie alle auf die Tiere ein.

Der böse Bauer, der schon wieder getrunken hatte, schrie: „Das werdet ihr euch merken!" Die Tiere waren verzweifelt und rannten, so schnell sie konnten, zurück in Richtung Hof.

Die Hühner flogen einige Meter, dann nahmen sie neuen Anlauf, und so waren sie recht schnell. Da der Waldweg schmal war, konnten die Tiere nicht nebeneinander laufen. Es war ein richtiger Spießrutenlauf, denn von hinten lärmten die Menschen und einige standen am Wegrand mit ihren Ruten und teilten aus. Das Pferd erreichte als Erstes die Wiese und war völlig außer Atem. Nach und nach waren alle Tiere wieder auf der Weide, nur die Berta fehlte.

Berta war so sehr erschöpft und ihre Beine taten vom Laufen weh. So legte sie sich ungesehen in ein Dickicht und die Menschen fanden sie nicht.

Da hörte die Kuh ein zartes Geräusch und blickte auf. Der Tier-Schutzengel kam zu Berta und eine feine Melodie ertönte. **„Fürchte dich nicht, alles wird gut und du wirst ewig leben. Vertraue dem Leben, dann wird alles gut."**

Berta fühlte sich auf einmal ganz frei und leicht. Sie erhob sich aus ihrem Versteck und trat hervor, als die Kuh plötzlich einen Tunnel vor sich erblickte.

Neugierig trat Berta mit vorsichtigen Hufen in den Tunnel hinein und da sah sie ein helles, warmes Licht. Im Lichtschein am anderen Ende des Tunnels warteten all ihre Kinder. Überglücklich rannte Berta auf ihre Kälbchen zu. Plötzlich merkte sie, dass sie fliegen konnte. Die Kuh schwang sich voller Freude mit ihren Kindern in die Lüfte, hinauf zu den Sternen. Uiii, war das ein tolles Gefühl.

Die Kälbchen und ihre Mutter sahen die vielen Sterne, Planeten und Sternbilder, den Orion, den Pegasus, den Löwen und viele andere. Die Sterne flüsterten ihnen zu: „Habt nur Mut und Vertrauen!"

Aber es war schon lange her, dass die Kuh Berta das letzte Mal gemolken worden war. So spritzte ihre Milch beim Fliegen umher und es bildeten sich lauter kleine Tropfen am Himmel.

Diese Tropfen sehen die Menschen noch heute, wenn sie draußen in einer sternenklaren Nacht nach oben schauen. Und weil die Milchtropfen wie ein Band am Himmel stehen, nennen die Menschen dieses Band die „Milchstraße".

So wurde aus dem bösen Werk des Bauern etwas Gutes. Wenn am Himmel die Milchstraße erscheint, können wir Menschen uns auch nachts orientieren. Die Milchstraße gibt uns Licht und zeigt uns den Weg.

Und außerdem ist die Milchstraße ein Zeichen am Himmel, das uns daran erinnert, mit den Menschen und den Tieren gut umzugehen. Wenn ihr das nächste Mal also die Milchstraße seht, dann denkt an die fliegende Kuh Berta und ihre Kälbchen und lasst euch von dem und liebevollen Licht in Liebe tauchen.

Berta und ihre Kinder gingen in den Tierhimmel ein. Die Tierengel bliesen ins Horn und sangen ein Lied und Berta war sehr glücklich. Sie empfand tiefe Dankbarkeit für das Leben, das ihr geschenkt worden war und dafür, dass sie nun mit ihren Kindern unendlich zusammenbleiben durfte.

Im ganzen Dorf gab es viel Tratsch. Der Tierdoktor und das Amt waren informiert, dass der Bauer seine Tiere nicht gut versorgen würde. Die Ehefrau des Bauern wollte sich scheiden lassen.

Die zwei Freunde des Bauern kamen am nächsten Tag zu Besuch auf den Hof. Die drei waren zusammen in den Kindergarten und die Schule gegangen und kannten sich sehr gut.

Der Bauer war wieder nüchtern und wollte gerade wieder weitertrinken. Die Freunde hatten ein sehr ernstes Gespräch mit ihm. Der Bauer entschied sich, in Zukunft nicht mehr zu trinken. Die Freunde fuhren ihn in ein Krankenhaus und versorgten die Hoftiere so lange.

Nie wieder seit damals hat der Bauer auch nur einen Schluck Alkohol getrunken. Er begann sich wieder gut um die Hoftiere zu kümmern und bat seine Frau und die Kinder um Verzeihung.

So lebten sie bis ans Ende des Lebens zusammen und hatten ein gutes Leben.

(Verse 1)

C   G

Der Bauer trinkt keinen Alkohol mehr,

Am   F

Seine Frau und Kinder sind glücklich sehr.

C   G

Die Tiere auf dem Hof, sie tanzen froh,

Am   F

Denn der Bauer ist jetzt immer so.

(Chorus)

C   G

Oh, das Leben ist jetzt schön und klar,

Am   F

Die Familie lacht, das ist doch wahr.

C   G

Mit jedem Tag, der neu beginnt,

Am   F

Spüren sie, wie die Freude gewinnt.

(Verse 2)

C   G

Die Felder blühen, die Sonne scheint,

Am   F

Der Bauer arbeitet, er ist vereint.

C   G

Mit seiner Frau, den Kindern, Hand in Hand,

Am   F

Gemeinsam schaffen sie das Land.

(Chorus)

C   G

Oh, das Leben ist jetzt schön und klar,

Am   F

Die Familie lacht, das ist doch wahr.

C   G

Mit jedem Tag, der neu beginnt,

Am   F

Spüren sie, wie die Freude gewinnt.

(Bridge)

Dm   Am

Die Tiere singen, die Vögel auch,

G   C

Der Bauer lächelt, er ist so stolz.

Dm   Am

Denn ohne Alkohol, das ist gewiss,

G   C

Ist das Leben voller Glück und Bliss.

(Chorus)

C   G

Oh, das Leben ist jetzt schön und klar,

Am   F

Die Familie lacht, das ist doch wahr.

C   G

Mit jedem Tag, der neu beginnt,

Am   F

Spüren sie, wie die Freude gewinnt

Handtuch melken

Es war einmal ein böser, alter, mürrischer Bauer, der schlug nicht nur das Vieh, sondern auch seine Frau. Er war mit seiner Frau sehr unzufrieden, denn sie bekamen keine Kinder. Allerdings war er immer so betrunken, dass er sich ganz selten zu seiner Frau legte. Ohne Kinder gab es aber keinen Hoferben - und wer sollte die beiden pflegen, wenn sie alt waren.

Die arme Frau ging zum Pfarrer in die Beichte und bat um Rat. Nun gibt es auch im Allgäu eine alte Tradition: Die Frau bekam die Absolution des Pfarrers und sollte sich zu einem anderen Manne legen, um so Kinder zu bekommen.

In alten Zeiten heirateten manche Allgäuer untereinander. Heute nennt man es Inzucht, wenn Bruder und Schwester oder Cousine und Cousin heiraten und es ist verboten. Durch diesen Brauch, den man heute Inzucht nennt, entstanden früher viele dumme und kopfkranke Kinder.

Trotzdem heirateten manche Frauen solche dummen und kopfkranken Männer, wenn diese einen Hof besaßen.

Die Kirche erlaubte und empfahl den Frauen dann, sich zu anderen gesunden Männern zu legen, um einen klugen Hoferben zu bekommen.

Die Frau überlegte lange, wer sich denn zu ihr legen sollte. Dann suchte sie sich unter den Knechten des Hofes den Jüngsten und Hübschesten aus. Viele Male übten die beiden und teilten das Lager, bis dann die Frau endlich merkte, dass sie schwanger war.

Eines Tages, als der Bauer früher als sonst von der Wirtschaft nach Hause kam, fand er seinen Knecht im Schlafgemach der Frau. „Na warte", schrie er und vertrieb die Frau mit dem Knecht vom Hof. Als er wieder nüchtern war, tat es ihm leid um die Arbeitskraft, und er fühlte sich alleine. Da er aber sehr reich war, traute sich kaum jemand, ihn zurechtzuweisen, denn er war der größte Bauer im Umkreis.

Bald danach heiratete er eine neue junge Frau aus ärmsten Verhältnissen. Sie hatte große Angst vor dem gewalttätigen Mann. Aber in ihrer Familie waren nur Taglöhner, und oft gab es nur eine Suppe mit wenig Mehl. So redeten ihre Eltern und Geschwister ihr gut zu, doch den bösen Bauern zum Manne zu nehmen, damit alle genug zu essen hätten.

Die Hochzeit war großartig, die Blasmusik spielte und ein Schwein wurde am Spieß gebraten. Das ganze Dorf war auf den Beinen und beglückwünschte den Bauern und sein junges schönes Weib. Vergnügt und beschwingt gingen alle nach Hause.

Die junge Frau war aber schon in den Nachbarn, einen klugen und lieben Bauern, verliebt, der sie auch sehr gerne hatte. Dies war jedoch ein Geheimnis. Doch sie trug schon die Frucht des Geliebten in ihrem Leib.
Die Hochzeitsnacht war furchtbar für die junge Frau. Zum Glück war der Bauer aber so betrunken, dass er die Stufen zum Schlafgemach nicht mehr schaffte und nur noch Böses zu ihr nach oben rief: „Na warte, dich erwische ich schon noch!"

Der alte Bauer sparte immer am Wasser und wusch sich nicht. So war es der jungen Frau ein Graus, wenn er sich zu ihr legte. Oft war er grob und gemein zu ihr, so wie auch zu seiner ersten Frau. Er behandelte seine junge Frau wie eine Magd und warf ihr jeden Tag vor, dass sie arm sei und nutzlos und wertlos.

Der Bauer war auch zu seinen Tieren ganz und gar nicht gut. Die Kühe gaben weniger Milch als bei seinen Nachbarn, denn er sparte am Futter, und oft vergaß er, sie auf die Weide zu lassen.

34

Der Jäger des Dorfes hatte nur wenige Kühe. Eines Tages, als auch der böse Bauer in der Wirtschaft war, prahlte der Jäger, dass jede seiner Kühe ganz viel Milch gab. Er schwang große Reden, denn er beneidete den bösen Bauern und wollte zeigen, dass auch er wichtig und besonders sei.

Wenige Tage später bekam der böse Bauer Besuch von seinem Nachbarn, der in Wirklichkeit der Geliebte seiner jungen Frau war. Der alte Bauer schimpfte auf die Kühe, die Welt und die Ungerechtigkeiten. Der junge Mann hörte gut zu und ersann eine List.

Wie ihr sicherlich wisst, gab und gibt es auch im Allgäu gar vielerlei Aberglauben und Dummheiten. So gibt es hier nun seit Langem den Brauch und Aberglauben des Handtuchmelkens.

Der junge Nachbar erzählte dem Griesgram, dass man ein nasses Handtuch im Stall aufhängen kann und dieses melken muss.
Dabei muss man den Namen des Bauern laut vor sich hinsagen, von dem man die Milch „abziehen" will. Sogleich geben die Kühe viel mehr Milch.

Nur auf dem anderen Hof, von dem man die Milch zieht, geben die Kühe dann weniger Milch.

Er erzählte, dass er den Jäger des Dorfes gesehen und gehört habe, wie der in seinem Stall ein nasses Handtuch aufgehängt hatte. Dann habe er laut den Namen des alten Bauern gerufen und das Handtuch gemolken ... und schon sei warme Milch in den Eimer geflossen.

Der alte, verbitterte Bauer überlegte nicht lange. Er trank fünf Bier, was gerade reichte, um seinen Mut zu steigern. Dann sattelte er sein Pferd und galoppierte zum Hofe des Jägers. „Komm heraus, ich erschlage dich!", schrie er laut.

Der Jäger saß gerade am Mittagstisch mit seiner Frau und den Kindern und wollte ganz und gar nicht sterben.

So nahm er seine Flinte und drückte ab. Er wollte den Bauern nur erschrecken und zielte über dessen Kopf.

Der Alte jedoch war sehr erstaunt. Er nach oben sprang und öffnete dabei den Mund. Schwupps - war sein Mund voll Blei und der Bauer schluckte die kleinen Bleikügelchen. Nun weiß ja jeder, dass Blei giftig ist. Das Blei wanderte in seinen Körper, und weil der Alte so böse war, blieb das Blei im Magen liegen wie Steine.

Der Bauer kam zwar noch nach Hause, er fühlte sich aber sehr schlecht und musste sich hinlegen. Von Tag zu Tag begann er mehr dahinzusiechen.

Bald konnte er nicht mehr aufstehen und seine Hand zitterte so sehr, dass er kein Bier mehr trinken konnte. Garstig war er zu seiner Frau gewesen. Trotzdem pflegte sie ihn, bis die Stunde des Todes kam. Der Pfarrer gab ihm das Sakrament der letzten Ölung.

Sein Leben rannte wie ein Film ein letztes Mal an ihm vorbei. Er hatte eine schlimme Jugend erlebt. Als sein Vater aus dem Krieg nach Hause kam, freute er sich zuerst. Sein Vater war ein gebrochener, verschlossener Mann und hatte im Krieg Schlimmes erlebt. Er schlug den Sohn oft ohne Grund, um seine Angst, die ihn immer wieder überwältige zu überstehen.

Als der Junge älter wurde, war der Alkohol sein Trost und Freund und zerstörte ihn und seine Existenz. Er bedauerte sein Leben und wäre gerne ein besserer Mensch ohne Alkohol gewesen. Aber es war zu spät.

Im Himmel fand er einen gnädigen Richter, welcher Milde walten ließ.

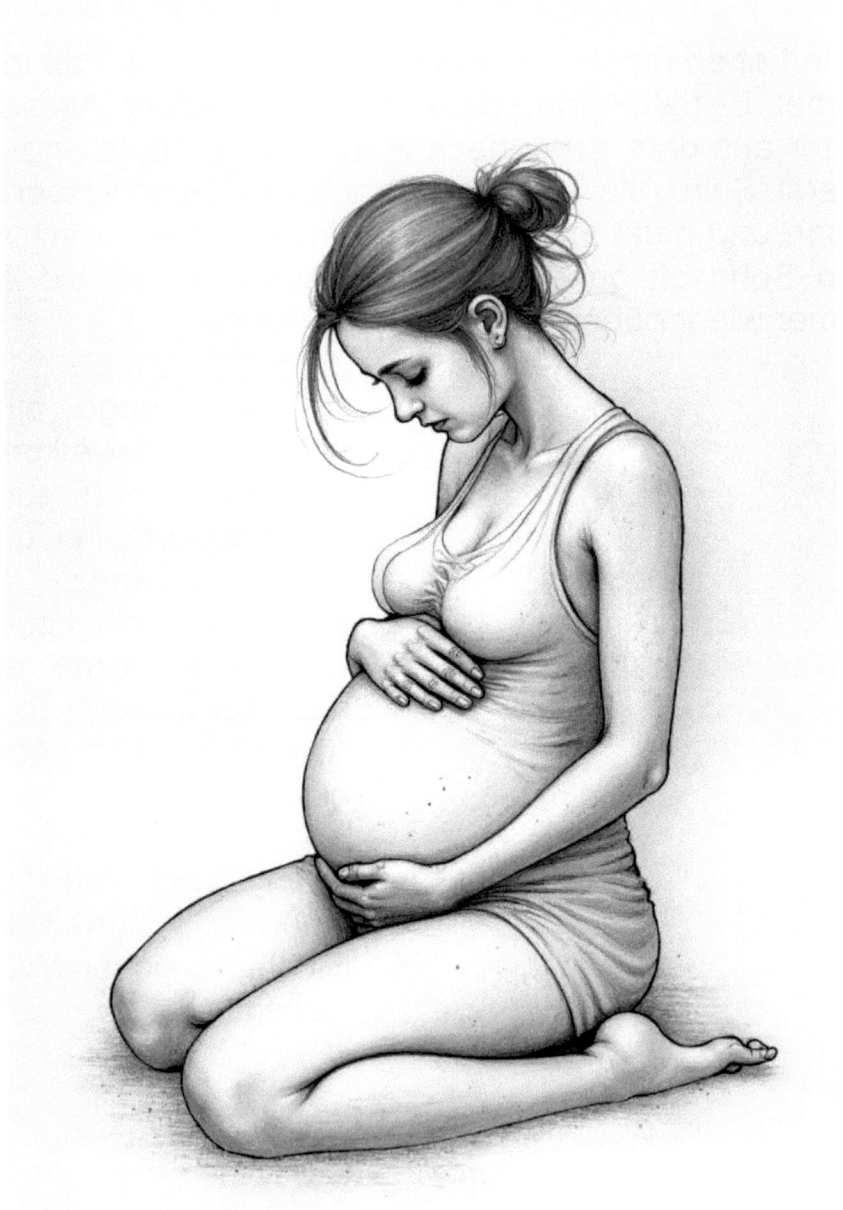

Nun erbte die Frau den großen Hof und der listige junge Nachbar ging ein und aus. Als eine gewisse Zeit verstrichen war und der Bauch der Frau schon ansehnlich dick war, zog er ganz zu seiner Geliebten.

Bald heirateten sie und waren sehr glücklich. Auch die vertriebene Frau und der Knecht kamen zurück, heirateten und waren glücklich.

Sogar die Tiere freuten sich, bekamen sie doch jetzt genug zu essen und Auslauf auf der Weide. Gerne gaben sie nun mehr Milch, und das Ansehen des neuen Bauern und seiner Frau nahm zu. Bald erinnerte sich niemand mehr an den alten Griesgram und Säufer, der im Dorf so manches Unheil angerichtet hatte.

Das Brauchtum des Handtuchmelkens hat jedoch viel Streit und Prügeleien unter den Bauern des Allgäus erzeugt. Die Bauern, welche an das Handtuchmelken glaubten, dachten, dass dadurch mehr Milch käme.

Doch wer jeden Tag ein nasses Handtuch aufhängt und viel Zeit mit dem Melken des Tuches verbringt, ist eben kein kluger Bauer. Die Handtuch-Melker waren oft zerfressen von Neid und hatten nicht genug Zeit, sich um ihr Vieh zu kümmern.

Die Bauern jedoch, die liebevoll mit ihren Kühen umgingen und über den Aberglauben lachten, bekamen die meiste Milch.

Das Brauchtum war noch viele hundert Jahre im Allgäu üblich und überlebte den jungen Bauern und seine nun glückliche Frau. Der Gevatter Neid überlebte das Brauchtum und ist heute noch unterwegs und sucht ein warmes Plätzchen.

Und wenn sie nicht gestorben sind, dann melken und leben sie noch heute.

Das Genie

Er arbeitete als Professor an einer bekannten Universität. Auf seinem Gebiet war er großartig und viele bewunderten ihn. Sein Name war Eisenhauer, aber alle nannten ihn den Baktus. Er war stolz auf seinen Spitznamen.

Er hatte nur zwei Leidenschaften in seinem Leben. Die eine Leidenschaft war sein Forschungsgebiet, die Bakterien. Wenn er unter dem Mikroskop eine neue Bakterienkultur beobachtete, hatte er manchmal das Gefühl, seine Lieblinge würden mit ihm reden. Ja, er hatte das Gefühl, sie waren in seinem Kopf und beeinflussten seine Gedanken. Er züchtete für verschiedenen Zwecke spezielle Bakterienstämme.

Da gab es stabförmige Bakterien, welche die sich wie Schlangen fortbewegten, andere waren wie ein Faden und wieder andere sahen aus wie eine Kugel oder ein Fußball. Er konnte sich oft nicht sattsehen an den verschiedenen Bakterien, den vielen Formen und schönen Farben. Hunderttausende von verschiedenen Bakterien gibt es. Ihm waren einige Tausend bekannt.

Weißt Du, dass im Körper etwa 400 verschiedenen Bakterien Stämme leben. Die meisten leben im Dickdarm und helfen bei der Verdauung. Hör einmal, wie die wichtigsten heißen: "Clostridium, Eubakterium, Ruminococcus, Faecalibacterium, Lactobacillus, Enterococcus und Streptococcus." Das sind vielleicht Zungenbrecher. Unser Forscher kannte so gut wie alle Darmbakterien beim Namen und er hatte ein wunderbares Gedächtnis. Diese Bakterien hatten es ihm angetan.

Sein neues Gebiet war es, Müll und Plastik fressende Bakterien zu züchten. Stellt Euch einmal vor, in der Mülltonne würden Bakterien wohnen und aller Müll würde einfach weggefressen. Wir bräuchten keine Müllabfuhr mehr, die Meere wären plastikleer und die Straßen blitzeblank sauber. So versuchte er, die Darmbakterien so zu ändern, dass sie Plastik verdauen würden.

Er musste viele Sicherheitsvorschriften einhalten. Die Bakterien sollten nicht entkommen und sich auch nicht mit anderen Stämmen in den Reagenzgläsern vermehren.

Bakterien kommunizieren miteinander und können sich Erfahrungen mitteilen und sich gegenseitig schulen. Es war ein Hochsicherheitslabor und er trug einen weißen Schutzanzug. Fast konnte man meinen, er sei ein Marschmensch oder ein Astronaut. Nein, er war nur ein Forscher.

Oft träumte er von seinen Bakterien und im Traum sprachen sie mit ihm. Natürlich war das nur Einbildung. Er konnte mit niemandem über dieses seltsame Phänomen reden.

Wenn er nicht forschte, dann war er einsam. Die anderen Menschen mieden ihn, denn er hatte nur ein Thema: "Bakterien." Wenn er mal eine Frau traf, langweilte sie sich nach der ersten halben Stunde, denn er konnte stundenlang von Bakterien erzählen. Die Farbe, das Verhalten von Bakterien, ob diese gut oder böse sind, nützlich oder Schädlinge… das Thema war unendlich. Sein ganzes Denken gehörte seiner Leidenschaft und in seinem Leben war kein Platz für anderes.

Er hat schon viele Menschenleben gerettet. Wenn im Krankenhaus Patienten eine ganz schlimme Infektion haben, dann wird er gerufen. Weißt Du, was eine Infektion ist? Hast Du schon mal Schnupfen gehabt? Bei einer Infektion dringen fremde feindliche Bakterien in den Körper ein. Das Immunsystem muss die Feinde bekämpfen. Meistens klappt das und wir merken oft gar nichts. Aber manchmal reicht die ganze Kraft des Körpers nicht aus.

Dann ist es wichtig, die Bakterien zu bestimmen und zu wissen, wie man diese am besten bekämpft. Er ist ein wichtiger Mann, hält viele Vorträge und bekommt viele Auszeichnungen.

Ach so, ich habe Dir ja von seiner anderen Leidenschaft noch nicht erzählt. Diese ist streng geheim und niemand darf davon erfahren.

Am Morgen, wenn er aufsteht, zittern seine Hände. Er nimmt einen Schnaps und er liebt dieses Gefühl, wenn der Alkohol die Kehle hinunterbrennt. Schon sind die Hände ruhig und er kann klar denken. Der Alkohol ist das Geheimnis hinter seinem großen Wissen und seiner Genialität. Bevor er in die Arbeit geht, nimmt er noch eine Tablette, die den Alkoholgeruch nimmt. Er will ja nicht, dass jemand Alkohol bei ihm riecht.

Manchmal, wenn er abends sich ein wenig mehr Alkohol erlaubt hat, steht er morgens mit schweren Beinen auf. Dann nimmt er eine Tablette Koks, das macht ihn wieder wach und fit. Sein Koks ist nicht der Koks, den man aus Kohle gewinnt, sondern Kokain.

 Im Lexikon steht: " Kokain wirkt stark stimulierend auf die Psyche. Es verengt die Blutgefäße."

Er nimmt es als weißes Pulver und zieht es wie Schnupftabak in die Nase. Es wirkt ganz schnell und wenige Minuten nach der Einnahme ist er „Superman". Dieses ungeheuer schöne Gefühl sich großartig und unbesiegbar zu empfinden baut ihn auf und er nimmt es mit in den Arbeitstag. Auch wenn er Vorträge halten muss oder die Arbeit schwer und belastend wird, hilft ihm Kokain.

So hat er in seinem Leben zwei Leidenschaften: „Die Bakterien und den Alkohol." Freunde hat er auch zwei: „Alkohol und Kokain".

Ein aufmerksamer Beobachter würde erkennen, dass seine braune Gesichtsfarbe nicht vom Urlaub, sondern vom Alkohol kommt. Die Pupillen der Augen sind vom Kokain etwas geweitet und vom Alkohol verkleinert. Meistens fällt es bei Betrachtung der Augen nicht auf. Er hat spindeldünne Beine. Oft reicht ihm der Alkohol aus und er muss abends nichts mehr essen Wird er abends von Kollegen eingeladen, so sagt er immer ab. Lieber sitzt er abends vor dem Fernseher und trinkt seinen Alkohol.

Damit er beim Kaufen nicht auffällt, wechselt er regelmäßig die Geschäfte. Er hat einen Plan, in welchem Geschäft er einkauft. Der Kauf des Alkohols soll keinen Verdacht erregt.

Er fühlt sich oft unbehaglich in der Gegenwart von anderen Menschen. Er will unentdeckt bleiben und niemand soll sein Geheimnis kennen. Ab und an schwankt er beim Laufen etwas, aber er denkt, dass das niemand bemerkt. Auf keinen Fall will er, dass andere über ihn reden oder sich über seinen Alkoholkonsum lustig machen. „Eigentlich macht mir das nichts aus. Ich trinke ja nur wenig und kann jederzeit aufhören." denkt er.

In der Arbeit hat er eine Flasche Schnaps im Umkleidespint versteckt. Jeden Morgen nimmt er ein kleines Fläschchen voll mit Schnaps in den Hochsicherheitstrakt und schließt ihn in seinem Schreibtisch ein. Niemand darf davon wissen. Die Aufsicht würde die Alkoholflaschen der Leitung des Institutes melden.

Er fühlt sich völlig gesund, klar im Kopf und er kann jederzeit aufhören zu trinken. Der Gedanke, dass er alles unter Kontrolle hat, beruhigt ihn und warum soll er sich nicht ein wenig Freude zusätzlich gönnen.

Das Zittern der Hände, das haben auch andere Menschen, die keinen Alkohol trinken. Er bekommt schlechte Laune, wenn er nicht regelmäßig trinkt. Andere haben ja auch oft schlechte Laune. „Also alles normal." denkt unser Forscher.

Er kann gut Autofahren, obwohl er getrunken hat. Er hält vor jeder roten Ampel, sieht alle Verkehrszeichen und er fühlt sich auch fit und schnell. Allerdings achtet er genau auf alle Geschwindigkeitsbegrenzungen und verhält sich ganz korrekt im Straßenverkehr.

Wir sollten noch wissen, dass er sich ab und an ein wenig Koks in der Arbeit gönnt. Dazu geht er auf die Toilette und zieht sich ein bisschen Pulver die Nase hoch.

Nun kommen wir zurück zu seiner anderen Leidenschaft, den Bakterien. Das Institut hat einen wichtigen Auftrag angenommen. Die Aufgabe ist Bakterien zu züchten, welche Plastik fressen und in Erde umwandeln. Nach Monaten der Forschung ist er erfolgreich. Gestern Abend hat er ein Stück Plastik in die Petrischale getan und mit den Bakterien in den Sicherheitsbehälter getan. Heute Morgen wimmelt es von Bakterien und das Plastik ist gefressen und weg. Er fühlt sich überglücklich. Gedanken vom Nebelpreis, vielen Auszeichnungen und Ehrungen durchfluten ihn. Solch ein Hochgefühl hatte er schon lange nicht mehr. Als er die Bakterien unter dem Mikroskop ansieht, so erscheint es ihm, als ob diese ihn bösartig anlachen. Sie schimmern leicht grünlich.

Nach dem Mittag hat er ein Gespräch mit dem Sicherheitschef des Institutes. Die Bakterien sollen später in sicheren Behältern mit dem Plastik gefüttert werden. Der nächste Schritt in der Forschung ist es nun, einen größeren Behälter zu bauen, um eine Versuchsreihe zu starten.

Dieser Tag wird sein Leben verändern. Noch weiß er nicht, was geschehen wird. Er fühlt sich wunderbar. Ein wenig Kokain gönnt er sich und die kleine Flasche im Schreibtisch ist auch schon leer. Er holt die Flasche aus der Umkleide. Spät abends schläft er kurz auf dem Schreibtisch neben dem Mikroskop ein. Als er nach Mitternacht aufwacht, ist er ganz allein im Labor.

Er ist ein wenig verwirrt, aber dann fällt ihm wieder ein, dass heute sein großer Tag ist. Er geht durch die Sicherheitsschleuse, zieht sich um und fährt nach Hause. Ist Dir bei der Beschreibung etwas aufgefallen? Was hat er wohl vergessen?

Am nächsten Tag hat er einen schweren Kopf, aber sein Allheilmittel der Koks hilft ihm. Als er in die Arbeit fährt, wird er von dem Sicherheitchef angerufen. Dieser fragt ihn, ob er alle Schalen mit Bakterien in den Sicherheitsbehälter gestellt hat? Er kann sich nicht erinnern. Weder weiß er von der Heimfahrt, noch weiß er, ob er die Sicherheitsvorschriften eingehalten hat. Man nennt das Blackout, wenn Menschen Alkohol trinken und sich nicht mehr erinnern, was sie getan haben.

Beim Umziehen in der Arbeit fällt ihm auf, dass sein weißer Umhang Löcher hat und zwei Knöpfe fehlen. Im Sicherheittrakt sieht er, dass Plastikteile fehlen. Der schwarze Einstellknopf des Mikroskops ist verschwunden, einige Laborkittel hängen als Fetzen an der Garderobe und seine Plastikschuhe sehen angefressen aus.

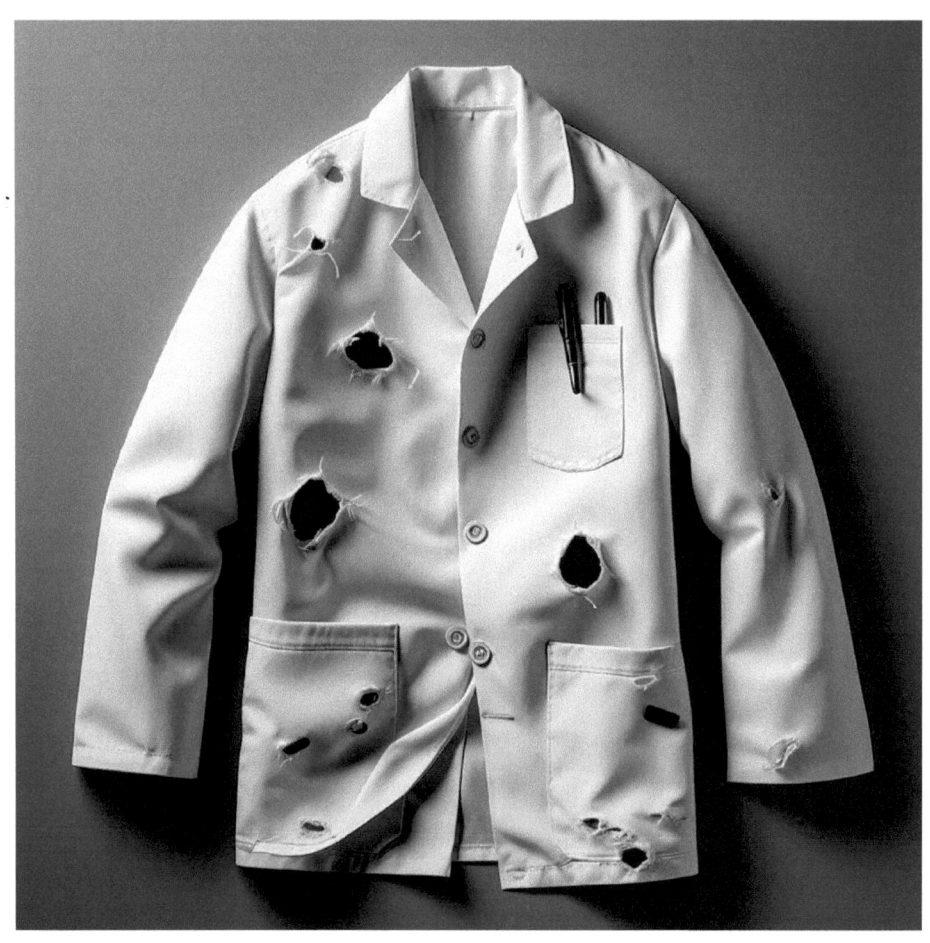

Die Bakterienschalen liegen noch am Schreibtisch herum und nicht in dem Sicherheitsbehälter! Die Bakterien haben sich über Nacht vermehrt und sich im ganzen Labor ausgebreitet. Er beschwichtigt den Sicherheitschef. Er behauptet:" Die Bakterien können in normaler Umgebung nicht überlegen und daher besteht keinerlei Risiko."

Er weiß, dass das nicht stimmt. Er denkt: "Wenn ein paar Bakterien ein wenig Plastik fressen, dann ist das doch kein Problem!!" Damit das Zittern der Hände sich beruhigt, braucht er einen kräftigen Schluck.

Als er an diesem Abend heimkommt, riecht es im Hausflur nach Alkohol. Er hatte Wein in Plastikkanistern gelagert und dieser ist ausgelaufen. Man sieht nur noch Reste der Plastikbehälter. Die Bakterien haben die Plastikbehälter als Leckerli verspeist. Nun geht er in die Küche.

Oh..je was ist dort wohl passiert? Alle Plastikteile sind angefressen oder ganz weggefressen. Vom Schöpflöffel ist nur noch ein Rest des Bechers übrig. Der Gummi der Spülmaschine ist fast ganz gefressen und es hängt ein kurzes Stück heraus. Das Plastik auf der Arbeitsplatte ist weggefressen und das gepresste Holz ist sichtbar. Die Plastikschüsseln sind undicht mit Löchern.

Was meinst Du, welche Teile in der Küche noch angefressen oder weggefressen sind?

Hier ist eine kleine Aufzählung:

- die Griffe der Topfdeckel
- die ganzen Plastikbehälter. Der Inhalt, das Mehl, Zucker und Salz sind verstreut.
- Die Pfeffermühle aus Plastik
- Die Furniere der Küchenschränke
- Plastik Besteck
- Die Strohhalme aus Plastik
- Die Griffe des Fondue Bestecks

Fallen Dir noch mehr Teile ein? In einer Küche sind schon sehr viele Plastikteile und auch viele Teile, die teilweise Plastik enthalten. Der Forscher sieht sich um und in der ganzen Wohnung ist das Plastik gefressen.

Der Kühlschrank läuft ständig, weil der Dichtungsgummi fehlt. Die Milch ist ausgelaufen und ohne Behälter, der Käse liegt herum und das Gemüsefach fehlt. Er setzt sich auf das Sofa, welches nachgibt, denn die angefressenen Plastikbeine brechen weg.

Er trinkt ein großes Glas Whisky und das beruhigt ihn. Im Glasinneren ist ein grünlicher Belag, aber das stört ihn nicht. Gierig mit beiden Händen hält er das Glas und trinkt mit kleinen Schlückchen. Welch ein Genuss!

Wie schön es ist, wenn der Whisky leicht im Rachen brennt und ihm ein Gefühl von Geborgenheit und Wärme spendet.

Die Polizei steht vor der Tür. Er ist verhaftet, weil er die Sicherheitsvorschriften nicht eingehalten hat. Der Polizist berührt den Griff der Zimmertüre und er sieht, dass ein grünlicher Belag auf die Hand kriecht.

Nach einer Fahrt mit Blaulicht findet er sich in einer Gefängnis Zelle wieder. Am Abend zittern die Hände. Er bekommt Krämpfe in den Händen, den Armen und den Beinen. Er träumt von den Bakterien. Sie rufen ihm zu: „Du bist unser Vater, unser Schöpfer und wir ehren Dich."

Die Nacht ist schrecklich für ihn. Er vermisst seinen Alkohol und sein Kokain. Er schreit nach Hilfe, niemand hört ihn. An der Türe zu der Gefängniszelle bricht er zusammen. „Ist dies das Ende meines Lebens?" fragt er sich. Die Bakterien in seinem Kopf können mit ihm reden und sagen: „Nein, Du leidest nur unter dem Entzug."

Die Bakterien breiten sich auf der gesamten Erde aus. Mit den Autos, dem Flugzeug, den Schiffen und auch mit dem Fahrrad werden die Bakterien bis in den letzten Winkel der Erde verstreut. Kaum sind sie angekommen, beginnt das große Fressen.

Die Autos laufen nicht mehr. Die Bakterien haben das Armaturenbrett, das Lenkrad, die Sitze und die Innenverkleidung gefressen. Im Motor sind alle Anschluss-stutzen, der Keilriemen, die Dichtungen, das Scheibenwaschwasserbehälter und noch mehr betroffen. Dir fällt wahrscheinlich vieles noch ein, das Plastik im Auto ist? Sogar die Starterbatterie ist in einem Plastikgefäß, das gefressen wird. Die Batteriesäure läuft aus und die Batterie ist defekt.

Auch die Flugzeuge fliegen nicht mehr. Die Bakterien sind sehr hungrig und fressen sich schnell durch. Viele Flugzeuge auf Langstrecken stürzen ab, denn die Bakterien haben sich auch durch das Cockpit gefressen. Viele Menschen sterben bei den Flugzeugabstützen.

Das schlimmste sind Kleidungsstücke, welche aus Kunstfasern bestehen. Schau mal besser nach, aus was Deine Kleidung gemacht ist?

Da läuft ein Mann auf der Straße und die Bakterien haben seinen Gürtel und den Hosenknopf gefressen. Oh.. die Hose rutscht herunter. Die Bakterien haben auch den Gummi von der Unterhose weggefressen und auch die Unterhose rutscht. Das Polohemd, das Unterhemd und die Socken sind auch zerstört. Der Baumwollanteil ist zu gering, um die Stoffe zusammen zu halten. So steht der Mann da und hält mit der Hand die schon teilweise angefressene Unterhode, damit diese wenigstens nicht rutscht. Ein kleiner Junge zeigt auf den Mann und plötzlich schauen alle auf ihn und lachen.

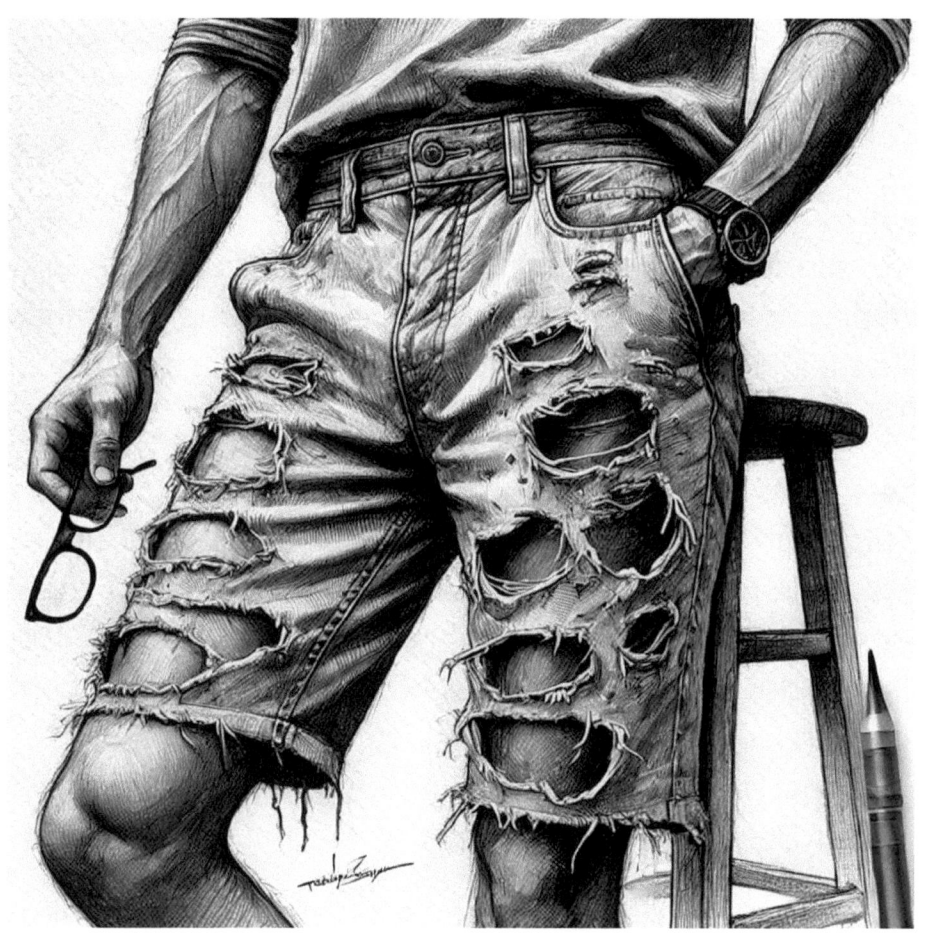

Das Lachen vergeht den meisten. Die Bakterien fressen sich durch die Kleidung von Männern, Frauen und Kindern.

Den Frauen fallen die Kleider, die Pullover, die BHs und sogar die Slips ab. Die Menschen schauen sich verstört an, zeigen aufeinander und verstehen nicht, was passiert.

Nur ein Müsliesser, der Kleidung aus Baumwolle und Leinen anhat, bleibt verschont. Die Menschen stürmen die Kleidungsgeschäfte und kaufen Kleidung aus Wolle, Baumwolle, Leinen und Hanf.

Die Leiterkarten und die Chips sind auch aus Kunststoff. So versagen in Kürze alle Computer auf der Erde, die Handys, der Fernseher und die Radios. Nicht einmal die LEGO-Eisenbahn funktioniert noch. Ein Junge, der eine schöne LEGO-Eisenbahn hat, steht am Morgen auf und die Bahn ist verschwunden. Nur ein Fleck ist noch sichtbar. Auf dem Teppich klebt ein grüner Belag

Fast Alles, was die Menschen sich erarbeitet haben, wird gefressen. Sogar die Hüllen der Aktienordner werden gefressen und die vielen Beamten sitzen vor dem Regal und das Papier fällt ohne den Halt der Ordner heraus. Der Gummi des Stempels wird auch gefressen und die Beamten können nun die anderen Menschen nicht mehr verwalten und gängeln.

Lebensmittel können nicht mehr transportiert werden und die Menschen verhungern. Viele Menschen überleben diese Katastrophe nicht.

Nach wenigen Jahren hat die verbleibende Menschheit sich auf die neue Situation eingestellt. Die Autos werden umgebaut und das Armaturenbrett ist aus Holz. Das ganze Auto besteht aus Holz, Metall, Baumwolle oder Leinen. Weil der Transport von Waren einige Jahre sehr schwierig war, hat man begonnen wieder lokal anzubauen. Die Menschen essen wieder was vorhanden ist und es gibt keine dicken Menschen mehr.

Die Polizei war für einige Zeit nicht mehr handlungsfähig. In dieser Zeit kann unser Forscher einfach entkommen. Die Monate im Gefängnis haben ihn verändert. Er trinkt keinen Alkohol mehr und Kokain braucht er auch nicht mehr.

Er arbeitet wieder im Institut. Der Knopf am Mikroskop ist nun aus Metall. Er fühlt sich wunderbar ohne den Alkohol. Sogar seine Beine sind wieder dicker geworden und er isst regelmäßig. Seit einigen Monaten macht er Sport.

Im Gefängnis hat er eine Frau kennen gelernt und die beiden heiraten. Er ist glücklich, obwohl er keinen Nobelpreis bekommt. Seine Erfindung hat viel Schaden angerichtet. Die Erde und die Menschen haben sich verändert.

Die Menschheit hat überlebt. Plastik wurde ersetzt. Die Meere sind nicht mehr verschmutzt.

Die Wale sind gesund geworden. Im Bauch der Wale haben die Bakterien das angesammelte Plastik gefressen.

Die Erde ist viel sauberer geworden. Die alten Müllberge von früher sind alle leergefressen. Als es kein Plastik mehr auf der Erde gab sind auch die Bakterien verschwunden.

Die Menschen mussten viel ändern, vieles neu erfinden und die Menschheit ist viel klüger und bewusster geworden. In der schlimmen Zeit, als die Bakterien das Plastik auf der Erde gefressen haben gab es keinen Alkohol und keine Zigaretten. Viele andere Menschen wie unser Forscher leben nun gesünder und glücklicher.

So nimmt die Geschichte einen guten Ausgang. Die Menschen leben glücklich in der neuen Zeit ohne Fernseher und ohne Handy. Die Menschen haben gelernt, mit weniger auszukommen und zufrieden zu sein.

Der Speedy Andy

Habe ich euch schon von meinem Freund dem „Speedy Andy" erzählt. Der „Speedy Andy war ein Maler und hat Häuser und Wände gestrichen und verschönt.

Er hatte alles, was sich die meisten Menschen erträumen:

Liebe Kinder

Eine schöne und warmherzige Frau

Einen guten Job

Und außerordentliche Fähigkeiten.

Wenn er eine Wohnung streichen sollte, dann schaute er sich alles genau an. Waren die Wände gerade, wie scheint das Licht, wie wirken die Lampen. Er begutachtete die Türen, die Fußbodenleiste und auch die Steckdosen an den Wänden. Er klebte nichts ab, sondern strich immer sauber um alle Hindernisse herum.

Ich stellte mir vor, dass er einen magischen Pinsel haben musste. Der Pinsel strich, wenn er begonnen hatte, wie mit Zauberhand ganz schnell um alle Hindernisse herum. Schon war die Steckdose um malt.

Nachdem alle Hindernisse und kritischen Stellen um malt waren, begann er mit dem Farbroller. Er tauchte den Roller in die Farbe. Dann strich er die übrige Farbe ab und der Roller fuhr schnell über die Wände. Es kam mir vor wie ein Rennauto, das schnell alle Wände und Decken abfuhr.

Kein einziger Klecks fiel auf den Boden. Die Wände waren sauber und gleichmäßig gestrichen. Seine Kunden lobten ihn über alles.

Eines Tages bemerkte ich, dass die Nase ständig lief. Ein wenig Pulver hing an dem rechten Nasenflügel. Ich fragte ihn, ob er erkältet ist. Nein. Nein, alles in Ordnung sagte er und wechselt schnell das Thema.

Im Laufe der Zeit wurde er nicht langsamer, aber er schien die Fähigkeit für das genaue Arbeiten verloren zu haben. Der Pinsel arbeitete nicht mehr magisch, sondern fuhr lieblos und ungenau um die Steckdosen herum. Die Kunden wurden immer unzufriedener und seine Frau machte einen unglücklichen Eindruck.

Meine Vermutung war, dass er Speed nahm. Speed ist ein Aufputschmittel. Nimmt man Speed, so fühlt man sich munter und leistungsfähig. Nachts jedoch kann man dann nicht schlafen und muss deshalb eine Schlaftablette oder ein beruhigendes Mittel wie Cannabis nehmen. Ich fragte ihn und er gab es zu.

Der Speed hatte viele Vorteile für Andy:

Er war viel aktiver und hatte den Drang was zu erreichen. Er fühlte sich super und attraktiv. Durch den Speed fühlte er eine Freude und Aufgeregtheit. Er konnte viel reden, obwohl er sonst eher ein zurückhaltender und stiller Mann war. Der Tag kam ihm lang vor und er hatte immer viel Zeit. Er konnte sich viel besser konzentrieren, besser denken und seine Frau gefiel ihm durch den Speed auch besser als ohne.

Er sagte zu mir:" Durch den Speed bin ich viel leistungsfähiger. Ich kann jederzeit aufhören und habe alles unter Kontrolle. Der Speed schadet mir gar nicht und ich bin gesund. Der Speed ist mein Freund und ich liebe es, wenn ich am Morgen das Pulver in meine Nase ziehe und die Wirkung beginnt. Ich bin Superman mit Speed und der kleine Andy ohne Speed."

Die Drogenschlange hatte ihn im Griff. Nahm er nichts, so hatte er nicht einmal die Kraft aus dem Bett aufzustehen.

Am Wochenende lag er den ganzen Tag faul herum und beachtete weder die junge Frau noch seine Kinder. Unter der Woche hatte er auch nicht mehr viel zu tun. Der Chef hatte ihn entlassen und er hatte nur wenige private Aufträge. Er war dabei, seine Existenz zu verlieren.

Um etwas Geld zu verdienen, begann er Drogen auch an andere zu verkaufen. So machte er sich schuldig, denn einige seiner besten Freunde gelangen auch in den Teufelskreis. Der Teufelskreis schließt sich, wenn jemand ganz und gar nicht mehr ohne Drogen leben kann. Dann ist man gefangen. Nimmt man die Drogen weiterhin, so geht es mit der Gesundheit bergab. Hört man auf, so leidet man Höllenqualen.

Ein Freund informierte die Polizei, dass er Drogen nahm und verkaufte. Eine Hausdurchsuchung wurde durchgeführt und er landete im Gefängnis. Dort gab es keine Drogen und er leidet sehr. Sie mussten ihn sogar ins Krankenhaus verlegen, denn er hatte Krämpfe und sein Leben war in Gefahr. Er blieb einige Zeit im Gefängnis und wurde zu einer Strafe verurteilt.

Nun will ich Euch um Eure Meinung fragen? Hat der Freund ihn verraten? Darf man als Freund zur Polizei gehen? Unser Speedy Andy wollte von dem Freund nichts mehr wissen und fühlte sich verraten.

Er wurde auch von einer Psychologin betreut. Diese war eine Anhängerin einer alten und überholten Lehre. Vor 125 Jahren hat ein Psychiater mit dem Namen Freud gedacht, dass alles Unheil im Leben aus der Kindheit stammt.

Diese suchte mit ihm Fehler aus seiner Kindheit. Das sollte erklären, warum er Drogen genommen habe. Seine Eltern sind an allem schuld. Nur wegen seinen Eltern ist er so geworden. Diese alte Psychotherapie half ihm nicht.

Die Psychotherapie war eine Auflage der Strafe und der Bewährungshelfer kontrollierte die Einhaltung.

Mit Hilfe seiner Frau lernte er, dass er für sein Leben selbst verantwortlich ist.

80

Sein Leben hatte sich verändert. Vorher war er der Speedy Andy gewesen und hatte gutes Geld verdient. Nun ist er der Maler Andreas mit weniger Geld. Die Geschichte ist gut ausgegangen. Er ist ein guter Vater und Ehemann und akzeptiert sich selbst. Er braucht den Speed nicht mehr.

Ich fragte ihn wie er seine Rolle als „Speedy Andy" sieht.

Er meinte: *„Es war eine aufregende Zeit, aber ich hätte niemals gedacht, wie sehr mir der Konsum schaden würde. Ich bin nun mit meinem Leben sehr zufrieden.*

Die Psychotherapie fühlte sich falsch an, aber ich konnte viel nachdenken. Meinen Eltern bin ich dankbar, denn sie haben mich großgezogen und viel Energie und Mühe investiert. Mein Leben ist mein Leben. Die Verantwortung für alles, was ich tue trage ich selbst.

Ich habe im Leben viel erreicht und freue mich über meine Kinder, meine Arbeit und meine Frau. Wir sind gesund, kommen gut klar und ich bin sehr gelassen, ruhig und zufrieden."

Über die Bescheidenheit

Es waren einmal zwei Brüder, die verschiedener nicht sein konnten.

*Der erste Bruder hieß „**Willhaben**" und wollte immer der Beste, der Schnellste und der Klügste sein. Er war sehr ehrgeizig und wollte immer alles haben. Dabei nutzte er rücksichtslos seine Ellenbogen und drängte sich, wo immer möglich, nach vorn.*

Der zweite Bruder wurde von den Eltern **„Bescheidenheit"** genannt. Er war bescheiden und lebte in den Tag hinein, war fleißig und gut zu den anderen. Sein Ziel war es, ein gutes Leben zu führen mit einer guten Frau und braven Kindern.

Sein Lieblingslied war:

„Sei immer bescheiden, verlang nicht zu viel, dann kommst du zwar langsam, aber sicher zum Ziel."

Wie sein Bruder ging er zur Schule und später studierten die beiden und lernten viele Mädchen kennen.

*Der **„Willhaben"** konnte gar nicht genug Mädchen bekommen und führte eine Strichliste. Jedes Mal, wenn ein Mädchen sich zu ihm legte, machte er einen Strich. Stolz zeigte er die Liste seinen Freunden, die auch ganz neidisch waren.*

Der zweite Bruder mit dem Namen „Bescheidenheit" lernte schon früh ein Mädchen kennen und lieben, und die beiden heirateten und bekamen Kinder.

*„**Willhaben**" war immer viel unterwegs, machte Karriere und wurde ein hoher Beamter. Weil er so viel Arbeit hatte, musste er abends viel Bier und Wein trinken. Tagsüber aß er viele Chips und Schokolade, denn er hatte kaum Zeit für ein richtiges Essen.*

Deshalb hatte er auch keine Zeit für Spaziergänge, keine Zeit zum Wandern oder für Sport, und wurde immer dicker und dicker.

Der zweite Bruder arbeitete in einer Firma, wurde langsam befördert und war wegen seines Wesens sehr beliebt. Seine Frau gab ihm eine Stulle mit, denn wegen der Kinder mussten sie sparen. Er wurde im Laufe der Jahre ein gefragter und kluger Manager. In der Firma verdiente man weniger als ein Beamter, aber er sang manchmal, wenn er seinen Bruder sah, das Lied:

„Sei immer bescheiden, verlang nicht zu viel, dann kommst du zwar langsam, aber sicher zum Ziel."

Auch der erste Bruder „**Willhaben**" wurde immer wieder befördert und hatte bald ein ganzes Ministerium und viele Beamte unter sich. Wegen des vielen Alkohols am Abend hatte er am Morgen immer Kopfweh.

Deshalb musste er nach dem Aufstehen Koks nehmen, damit er den ganzen Tag frisch und munter war. Koks ist eine Droge, die man einnimmt, und dadurch ganz wach wird. Von Koks wird man genauso wie von Alkohol langfristig dumm und krank.

Weil aber der Alkohol und das Koks viel Geld kosteten, verlangte er Geld von anderen, die seine Gunst benötigten. Er bekam immer öfter Geld in einem Briefumschlag zugesteckt. Das war sein kleines Geheimnis. Man nennt dies Bestechung und es ist ganz und gar nicht in Ordnung.

Er hatte immer noch viele Frauen, aber er merkte schnell, dass die Frauen sich zu ihm legten, weil sie hofften, von ihm befördert zu werden. Die Frauen fanden ihn, den betrunkenen Chipsfresser, nicht mehr schön.

Die Zeit verging und die Brüder waren bald um die 50 Jahre alt.

*Wenn sich „**Willhaben**" im Spiegel ansah, so konnte er die grauen Haare, die Falten und das Fett sehen.*

Eines Tages, als er sich gerade Kaffee machen wollte, kam auch die Frau dieser Nacht aus dem Bett gekrochen. Sie meinte, dass er ihr nun Geld zahlen müsse, sonst würde sie überall erzählen, dass er ihr Gewalt angetan hätte.

Und dann kam an diesem Morgen auch noch die Polizei und brachte ihn ins Gefängnis. Sie warfen ihm vor, mit Drogen gehandelt zu haben. Es wurde auch bekannt, dass er oft Briefchen mit Bargeld genommen hatte. Was für eine Schande, überall wurde über ihn geredet!

Es meldeten sich immer mehr Frauen, die schlecht über ihn redeten und ihn anklagten. Er solle ihnen Gewalt angetan haben, und sie wollten Geld von ihm.

Das stimmte zwar ganz und gar nicht, aber die Menschen - und besonders die deutschen Richter - glauben Frauen mehr als Männern. Dabei hatten viele Frauen ihn sehr bedrängt, um in seinem Bett zu schlafen. Und genau diese Frauen, die am meisten gedrängelt hatten, waren nun diejenigen, die am schlechtesten über ihn redeten.

Im Gefängnis gab es keinen Alkohol und keine Drogen, und es ging ihm ganz furchtbar schlecht. Er zitterte und warf sich im Bett von einer Seite auf die andere.

Wenn sich der andere Bruder „**Bescheidenheit**" im Spiegel betrachtete, war er schlank und muskulös. Seine Kinder waren schon groß, und er freute sich jeden Tag über sie und er liebte sie sehr, genauso wie seine Frau.
Da sie sich schon so jung kennengelernt hatten, waren sie ein sehr gutes Paar und ergänzten sich wunderbar.

„**Bescheidenheit**" half nun seinem Bruder und besuchte ihn oft. Als er in Rente kam und mit seinen Enkeln spielte, wurde auch sein Bruder „***Willhaben**"* aus dem Gefängnis entlassen.

*„**Willhaben**" hatte zwar viele Frauen gehabt, aber nun, da er alt war, hatte er keine mehr. Seine Gesundheit hatte durch die Zigaretten, den Alkohol und die Drogen sehr gelitten, er war krank und kaputt, und bald war Gevatter Tod gnädig mit ihm.*

*Wenn der Tod uns holt, dann denken wir noch einmal genau über unser Leben nach. Und „**Willhaben**" bereute sein sinnloses Leben zutiefst.*

Der Bruder „Bescheidenheit" und seine Frau wurden sehr alt, und wenn sie nicht gestorben sind, so leben sie noch heute. Aber ganz sicher leben ihre Kinder und die Kinder der Kinder noch heute.

Nur ein Euro

Es war einmal ein fleißiger, junger, aber armer Arbeiter. Er war sehr beliebt bei seinen Kollegen, denn wenn jemand krank wurde oder die Arbeiten schwer waren, dann half er. Er war immer für die anderen da.

Bald fand er auch ein schönes Mädchen und heiratete. Die Frau machte ihm jeden Morgen eine Brotzeit, denn tagsüber war er in der Arbeit und essen gehen war zu teuer.

Bald bekamen die beiden auch Kinder; sie freuten sich sehr und gaben sich ganz viel Mühe mit ihnen. Viele Entbehrungen mussten sie auf sich nehmen, damit ihre Kinder auf eine gute Schule gehen konnten.

Der Sohn wurde erwachsen und gründete eine Firma. Als Unternehmer verdiente er viel Geld, zahlte viele Steuern und seine Eltern waren sehr stolz auf ihn.

Der Sohn fand auch bald ein Mädchen, und schon kurz nach der Hochzeit kam das erste Kind, ein Jahr darauf das zweite.

Der Arbeiter war sehr glücklich über seine Enkel. Ihnen fehlte es an nichts und sie wurden sehr verwöhnt. Sie hatten immer genug zu essen und viele Spielsachen. Aber so lernten sie nicht, dass man oft hart arbeiten muss, um sich etwas kaufen zu können. Sie wurden kleine Monster, die nur immer mehr wollten.

Als der älteste Enkel groß war, begann auch er zu studieren, aber er hatte eigentlich keine Lust. Er lebte in den Tag hinein, trank viel Bier und Schnaps und wollte so ganz und gar das Leben genießen. Als er älter wurde, schenkte ihm sein Vater die Firma. Nun konnte er noch mehr trinken, rauchen und feiern. Bald hatte er viele Freunde, die alles Geld von ihm bekamen und jeden Tag mit ihm tranken.

Auch viele Frauen kamen, machten ihm schöne Augen, und er kaufte ihnen Gold und Geschmeide. Er wurde fett und seine Augen stumpf, seine Haut gelb, und er brauchte noch mehr Schnaps, damit er sich stark und gut fühlen konnte.

Eines Tages kam sein Buchhalter zu ihm und berichtete, dass die Firma kein Geld mehr hatte. Das war keine gute Nachricht, denn plötzlich waren alle Freunde weg und auch alle Frauen. Der viele Alkohol hatte aber seinem Hirn so geschadet, dass er das alles mit Freude aufnahm, denn er verstand ganz und gar nichts mehr. Auch als seine Familie ihn ins Bezirkskrankenhaus brachte, half es nicht mehr. Er war schon verblödet und begann nach seiner Entlassung sofort wieder mit dem Alkohol.

Der Großvater, der fleißige Arbeiter, fand ihn einige Zeit später, als er in einer Wirtschaft saß und seinen letzten Schnaps trank. Er konnte nicht mehr laufen, denn es waren an diesem Abend schon viele Schnäpse gewesen.

Lallend sprach er seinen Großvater an und warf den letzten Euro, den er noch hatte, in die Luft. „Was ist schon ein Euro?", sagte er und starb. Der Tod hatte ihn erlöst.

Der Großvater, sein Sohn und die anderen der Familie lebten noch lange und zufrieden, und wenn sie nicht gestorben sind, dann leben sie noch heute.

Das Glasperlenspiel

Das Glasperlenspiel wird in vielen Familien gespielt. Ihr kennt es vielleicht. Ansonsten will ich euch die Spielregeln erklären: Jeder versucht dem anderen zu zeigen, dass er der Schlaueste ist, und versucht die anderen zu verletzen. Diese müssen dann so tun, als ob es ihnen Spaß macht und es ihnen nichts ausmacht.

Das Wichtigste aber am Glasperlenspiel ist, dass die Spieler gar nicht merken, dass sie spielen. Sie merken auch nicht, dass sie die anderen verletzen und der ganzen Familie schaden.

Warum heißt das Spiel: „Glasperlenspiel"? Das weiß ich leider auch nicht, aber vielleicht findet ihr es heraus?

Ich will euch heute eine Geschichte erzählen von einem kleinen Jungen im Nachkriegsdeutschland. Er wuchs behütet und glücklich in einer guten Familie in Gablonz auf. Er hatte Freunde, Oma, Opa, Tanten und Onkel. Seine Eltern hatten ein schönes Haus und gute Arbeit und es ging allen gut.

Seine behütete, glückliche Kindheit war zu Ende, als seine Eltern und er von zu Hause vertrieben wurden. Er fand sich mit seiner Familie in einem Viehtransporter wieder. Wie die Tiere wurden sie aus ihrer Heimat vertrieben.

Seine Mutter, sein Vater und die Oma mussten ihre Heimat im Sudetenland verlassen. Sie wurden in eine fremde Gegend in Deutschland, ins Allgäu, deportiert.

Sie wurden in einen Viehwagen gepresst und mit der Eisenbahn aus ihrer Heimat vertrieben.
Beim Transport starb sein Vater. Der Junge konnte nicht Abschied von ihm nehmen, denn der Leichnam wurde einfach aus dem Waggon geworfen.

Die Familie wurde in einem Bauernhof einquartiert, und die Menschen waren sehr unfreundlich. Als Stadtkind musste er im Schweinestall aushelfen, wurde von den Klassenkameraden gehänselt und gedemütigt. Sie nannten ihn einen „Hufli". Das ist die Abkürzung von „Huurra-Flüchtling". So nannten die Einheimischen im Allgäu die unwillkommenen Flüchtlinge.

So ging es vielen Deutschen in der Zeit nach dem Zweiten Weltkrieg. Entwurzelt waren die Erwachsenen, alleingelassen und gebrochen die Kinder. Der Junge wuchs heran, und die Familie war fleißig und baute ein Haus. Er begann eine Lehre, und allmählich kehrte Normalität in das Leben ein. Sein Freundeskreis war ihm sehr wichtig, aber er wollte immerzu der Tollste und der Beste sein.

Die Kränkungen der so jäh beendeten Kindheit sollten ihn sein Leben lang begleiten und sein Handeln bestimmen. Um sich groß und stark zu fühlen, trank er viel Bier und Wein.

Mit siebzehn schwängerte er ein Mädchen, welches er dann heiraten musste. Das war so Sitte in dieser Zeit.

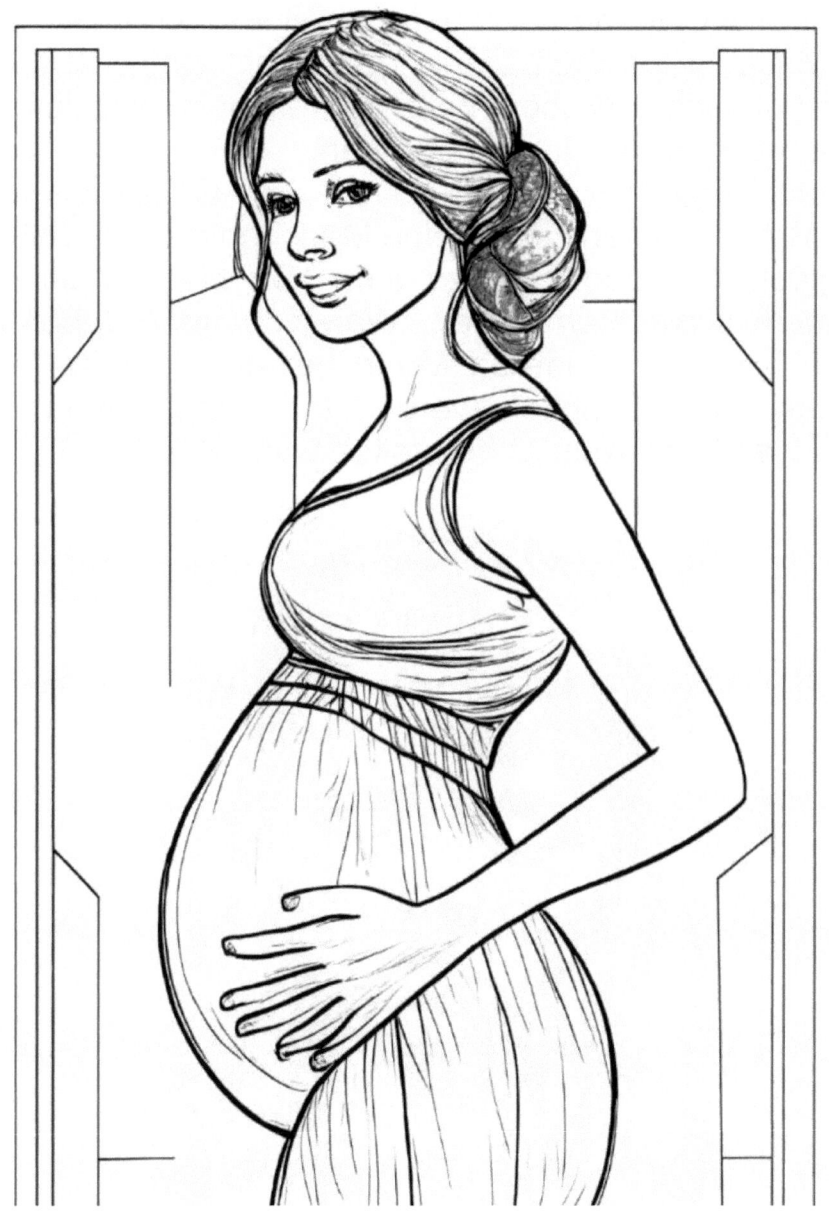

Seine Frau, die gerade 15 Jahre alt war, brachte bald ein Mädchen zur Welt. Die junge Mutter freute sich ganz und gar nicht darüber. Zwei Jahre später wurde ein weiteres Kind, ein Junge, geboren.

Die Mutter empfand das kleine Mädchen als ein großes Unglück. Sie sagte oft zu ihm: „Du bist schuld an meinem schlechten Leben. Wärst du nicht geboren, hätte ich einen anderen Mann heiraten können, der keinen Alkohol trinken würde." Ihr Mann schlug sie immer wieder, wenn er betrunken war.

Er brauchte viel Geld, denn er fuhr schnelle Autos und feierte jedes Wochenende mit viel Alkohol und seinen Freunden.

Seine Freunde suchte er sich gezielt aus. Die meisten falschen Freunde waren Apotheker, Ärzte und hohe Beamte. Er dachte, wenn er Freunde, die viel verdienen aussucht gehört er auch zur besseren Gesellschaft. Der Alkohol tröstete ihn, denn in Wirklichkeit war er das kleine verletzte Kind geblieben, aber das war sein großes Geheimnis.

Mit seinen Kindern und seiner Frau spielte er das Glasperlenspiel. Beim Essen kam die Familie zusammen.

Der Vater wollte immer der Größte und Tollste sein und das erreichte er, indem er die Kinder und seine Frau klein machte. Wer Schwäche oder Gefühle zeigte, wurde niedergemacht, und alle lachten über denjenigen, der so ungeschickt war.
So versuchte jeder, bloß keine Gefühle zu zeigen und immer unverletzlich und stark zu erscheinen.

Viel später stellten die Ärzte fest, dass der Vater im Kopf krank war und deshalb das Glasperlenspiel so liebte und so viel Alkohol trank. Immer wenn er seine Kinder und seine Frau ganz klein machte, fühlte er sich gut und größer.

Aber alles war schon zu spät. Er war dem Teufel des Alkohols verfallen und hatte immer weniger Freunde. Jahre später sollte er sterben, einsam und würdelos, und alles war gekommen, wie er es immer gefürchtet hatte. Alle guten Freunde hatten ihn verlassen und nur der Alkohol war ihm geblieben. Lächerlich war er geworden im Alter, kauzig, und niemand nimmt Menschen, die viel trinken, noch ernst.

Der Bruder des Mädchens wurde ähnlich dem Vater, auch er trank viel und spielte später das Glasperlenspiel mit seiner Frau und seinen Kindern. Nie konnte er über Gefühle sprechen und er wurde darüber schwer krank und starb auch recht früh.

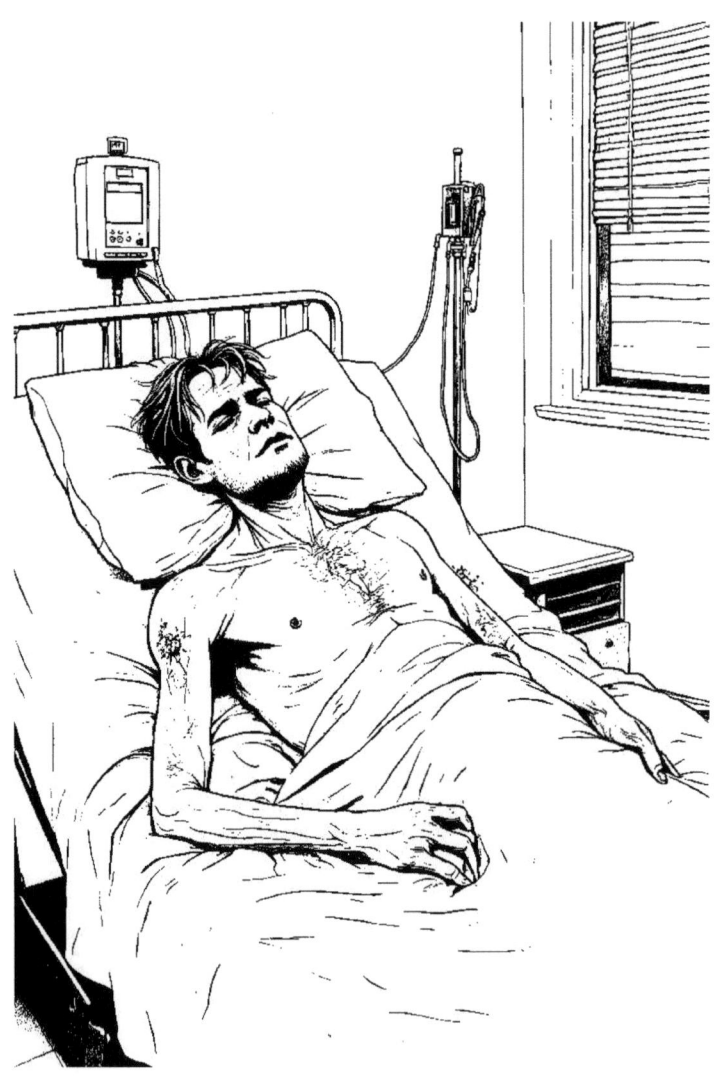

Das Mädchen fand mit 15 Jahren ihre große Liebe. Es war auch ein Junge, der ein schweres Paket von zu Hause mit sich tragen musste, denn auch seine Familie hatte ein schweres Schicksal. Jedoch passten die beiden gut zusammen. Gemeinsam waren sie viel stärker und fühlten sich vollständiger als einzeln. Der Junge war gewohnt, dass man ihn hänselte und sich über ihn lustig machte, und das Mädchen konnte das Glasperlenspiel immer gewinnen.

Beiden war geholfen und sie fügten sich aneinander wie zwei passende Teile. Das Mädchen hatte endlich jemanden gefunden, der ganz ihr gehörte und sich fürsorglich um sie kümmerte. Nie wieder wollte sie das Gefühl haben, unerwünscht zu sein und überflüssig wie in ihrer Kindheit.

Die beiden heirateten und bekamen zwei Kinder, einen Sohn und eine Tochter. Die Frau hatte große Angst, dass ihr Sohn womöglich dem Opa ähnlich werden würde. Und wirklich, mit jedem Jahr wurde er seinem Großvater ähnlicher, und Mutter und Sohn begannen sich zu bekämpfen. Er erinnerte die Frau an ihren Vater, der ihre Jugend ruiniert und ihr viel Leid angetan hatte. Ihr Sohn aber konnte nicht verstehen, warum die Mutter so war, und dachte, dass sie ihn nicht lieben würde. Die beiden litten aneinander.

Der Vater wusste sich in dieser Situation auch nicht zu helfen. Er versuchte seinem Sohn besonders viel Liebe zu geben, um die Ablehnung der Mutter auszugleichen. So waren die Rollen vertauscht. Während die Mutter streng und überkritisch war, war der Vater wohl zu weich und gab viel Liebe, aber wenig Richtung vor.

Die Mutter musste das Glasperlenspiel spielen. Ihr Sohn, der sie so sehr an ihren Vater erinnerte, war der ideale Spielpartner.

Mehr und mehr übernahm der Junge das Verhalten seines Großvaters. Er war das Sorgenkind seiner Eltern und sie konzentrierten sich mit aller Energie auf ihn.

Die Tochter wurde als problemlos angesehen und bekam viel weniger Aufmerksamkeit. Der Sohn trank viel und ging viel mit Freunden, die wohl die falschen waren, aus. Zwar versuchte auch er immer wieder, mit den Eltern klarzukommen, er war jedoch ungestüm und konnte seine Launen und Energien nicht kontrollieren, und auch ihm half der Alkohol - wie seinem Opa - das Leben zu versüßen.

Es steht in der Bibel, dass Verhalten und Schuld sich bis ins siebte Glied einer Familie vererben können, und so war es, dass der Bruder wie der Vater und der Enkel wie der Großvater wurde.

Der junge Mann war jedoch sehr intelligent, und nach vielen Irrwegen erkannte er, dass sein Weg nicht gut war und er nicht wie sein Opa enden wollte.

So begab er sich in eine Behandlung und arbeitete hart an sich, um sich zu ändern. Auch der Alkohol sollte ihn nicht mehr in seinen Krallen halten und fortan trank er nur noch Wasser und Saft.

Zuerst dachte er, seine Eltern sind an allem schuld. Es dauerte einige Zeit, bis er das Leben als ein Geschenk annehmen konnte. Voller Dankbarkeit und Liebe gründete er eine Familie und er machte bei seinen Kindern vieles besser. Er hatte die Lektionen des Lebens gelernt.

Wir Menschen haben große Fähigkeiten und können uns jeden Tag ändern. Jeden Tag können wir ein neues Leben beginnen.

Nun wollt ihr hören, wie die Geschichte ausgeht?

„…und wenn sie nicht gestorben sind, so leben sie noch heute…"

Also wollen wir noch ein wenig verraten: Die Mutter wurde im Alter immer milder und auch sie änderte sich zum Guten und hörte auf, das Glasperlenspiel zu spielen.

Auch die Schwester heiratete einen guten Mann, mit dem sie ein Leben lang zusammenblieb.

So hat sich alles zum Guten gewendet. Der liebe Gott hat uns so erschaffen, dass wir immer zum Guten streben.

Wir können uns ändern, uns verbessern, lernen und können unser Leben gut und liebevoll leben.

Untergang des Schlaraffenlands

Kennt ihr die Geschichte vom Schlaraffenland? In dieser märchenhaften Gegend wird nach Art der Schlaraffen gelebt. Den Leuten im Schlaraffenland fliegen gebratene Tauben und Leckereien im Überfluss in den Mund, es fließen Wein, Milch und Honig; Faulheit und Nichtstun gelten als Tugenden. Die Hässlichen und die Alten verwandelte ein Jungbrunnen in Schöne und Junge. Wenn die Leute hungrig sind, dann setzen sie sich an den Tisch und schwingen Messer und Gabel - und schon liegt ein leckerer und knuspriger Schweinebraten auf dem Teller.

Aber nun will ich euch die Geschichte erzählen, die sich wirklich zugetragen hat. Vor langer Zeit lebten auf der Erde Menschen fast wie im Schlaraffenland.

Zwei schlimme Kriege hatten sie überstanden, das Land war zerstört und lag in Trümmern darnieder. So sagten sich die Bewohner: „Lasst uns viel arbeiten, damit wir uns wieder ein kleines Schlaraffenland schaffen können, wo es allen gut geht." Die Kinder sollten unbeschwert und ohne Hunger aufwachsen, Kranken und Alten sollte geholfen werden. Alle halfen zusammen und bauten das Land wieder auf.

Es war ein gutes Land, welches aus den Trümmern der beiden Kriege entstand. Zwar war es harte Arbeit, die vielen Trümmer wegzuräumen und neue Häuser und Fabriken zu bauen. Aber bald gab es wieder Waren zu kaufen und die Menschen hatten bald ein wenig mehr Freizeit.

Bald jedoch kamen Menschen, die sagten: „Seid doch nicht dumm und arbeitet nicht so viel." Deshalb begannen die Leute, viel weniger zu arbeiten. Auch dachten sie, dass ja Maschinen die Arbeit übernehmen könnten.

Es dauerte nicht lange, da kamen auch noch Leute, die sich „Gutmenschen" nannten. Diese Gutmenschen dachten, dass sie genau wüssten, was gut für andere ist. So begannen sie, viele Vorschriften für die anderen zu machen, damit diese gut werden sollten. Alles wurde geregelt und viele tausend Beamte waren nötig, um all die neuen Vorschriften zu überwachen.

Die Gutmenschen sagten: „Wir müssen den Leuten, die gar nicht arbeiten, genauso viel oder mehr geben wie den Menschen, die arbeiten."

Und was denkt ihr, ist passiert? Auf einmal begannen viele zu faulenzen, wie im Schlaraffenland, und wollten gar nicht mehr arbeiten. Die anderen aber, die noch so dumm waren und weiterschafften, begannen unzufrieden zu werden.

Der Bauer durfte nicht mehr säen, wenn er es für richtig hielt, sondern die Stunde und der Tag wurden genau in Gesetzen festgelegt. Die armen Bauern wussten gar nicht mehr, wo ihnen der Kopf stand vor lauter Vorschriften, und kamen kaum noch zum Arbeiten.

Ihnen wurde sogar vorgeschrieben, grüne Unterhosen und Jacken zu tragen! So sollten sie jeden Morgen an die Natur denken.

Es wurde sogar geregelt, wie oft man das Gesicht waschen muss. Wenn nun Kinder spielten, kamen die Gutmenschen mit Waschlappen und putzten die Gesichter der Kinder ab. Zähneputzen war dreimal am Tag vorgeschrieben.

Die Gutmenschen wollten alle Menschen der Erde in dem kleinen Land aufnehmen. Dieses kleine Land war das einzige Land der Erde, in dem man ohne Arbeit besser leben konnte als mit Arbeit. So kamen aus allen Ländern der Erde viele Menschen, und die Gutmenschen gaben ihnen Geld, Essen, Kleidung und Wohnungen. Dies alles wurde den Dummen, die noch arbeiteten, weggenommen.

Das Land war aber zu klein, um alle armen Menschen de Erde aufzunehmen. Deshalb beschlossen die Gutmenschen, einen großen Teil der Steuern an andere Länder zu verschenken. Das Geld landete meist in den Taschen von Diktatoren, welche Waffen kauften. So waren die Gutmenschen die Auslöser von vielen Kriegen auf der Erde.

119

Auch die Sprache wurde verändert, um die Menschen gut zu machen. Viele Wörter durfte man nicht mehr sagen, wie „Indianer", „Zigeunerschnitzel", „Mohrenkopf", „Negerküsse", und vieles andere.

Auch wollten sie die Sprache gerechter machen. Statt „auf den Stuhl setzen" musste man plötzlich sagen: „auf die Stühl:in setzen". Wenn neue Bücher geschrieben wurden, kontrollierte man genau, dass alles korrekt war. Als einmal einer schrieb: „Der Leuchtturm leuchtete bei Nacht und bewachte die Schiffe", wurde er ins Gefängnis geworfen. Er hätte schreiben müssen: „Die Leuchttürm:in leuchtete in die Nacht:in und bewachte die Schiff:innen."

Die Gutmenschen waren der Meinung, dass sich Betrunkene zumindest friedlich verhalten.

So wurden Wein und Bier ganz billig gemacht, damit viele davon abhängig und krank würden. Auch Drogen wurden freigegeben.

Vor allem die Kinder begannen nun jedes Wochenende mit Cannabis fröhlich zu sein. Wenn das Geld für die Drogen nicht reichte, so verschrieb der Onkel Doktor die Drogen als Schmerzmittel oder zum Ruhig Sein, so dass jeder sich für ein paar Stunden froh und glücklich machen konnte. Nur wenn die Wirkung der Drogen nachgelassen hatte, fielen die Menschen in tiefe Trauer und brauchen dann Tabletten gegen Depressionen.

So wurden viele Menschen „plemp" und verdummten. Betrunkene Männer schlugen aber oft die Frauen, so dass dann sogar Frauenhäuser gebaut werden mussten. In den Frauenhäusern konnten sich die Frauen vor ihren betrunkenen Männern verstecken.

Viele Frauen waren mit ihren Männern unzufrieden und begannen nun, ihre Männer zu schlagen.

Das wurde aber als gut angesehen, denn Männer hatten viel weniger Rechte als Frauen. Wenn ein Mann zur Polizei ging und sagte: „Meine Frau schlägt mich", dann wurde er ausgelacht und wieder nach Hause geschickt.

Sogar die Frisuren wurden kontrolliert und reguliert und viele Frisuren wurden verboten. Manche Menschen trugen vorher verfilzte Haare, was man „Dreadlocks" nennt. Das sollte die Sympathie mit anderen Völkern zum Ausdruck bringen und wurde auch verboten. Um alles richtig zu machen, rasierten sich immer mehr Menschen einfach den Kopf und hatten gar keine Haare mehr.

Auch wie man heizen muss, wurde vorgeschrieben. Es gab aber so viele Vorschriften, dass die Leute gar nicht mehr wussten, wie sie im Winter heizen sollten, und weil so viele Heizungen verboten waren, hatten es viele Menschen im Winter ganz kalt und froren jämmerlich.

Es wurde auch genau geregelt, welche Arbeiten von Männern und welche von Frauen gemacht werden durften. In den Büros und den Ämtern durften die Frauen arbeiten. Die Abfalleimer leeren und die Straße kehren mussten die Männer. Man nannte das gut und gerecht und legte das in einem Bundesgleichstellungs - Gesetz fest. In den Verwaltungen durften nur noch Frauen befördert werden, so dass bald alle Museen, Behörden und Schulen von Frauen geführt wurden.

Und es wurden immer mehr Menschen im Land, die nicht arbeiteten, und die Gutmenschen begannen immer mehr zu kontrollieren. Sie dachten, dass nur der Staat und die Behörden wissen, was gut für die Menschen ist. Deshalb brauchten die Gutmenschen immer mehr Beamte. Die Bezahlung der Beamten wurde immer mehr erhöht.

Besonders, wenn Beamte alt waren und nicht mehr arbeiteten, gab man ihnen doppelt so viel Geld. Das nannte man Pension und die andren Menschen, der zweiten Klasse, die man als Untermenschen bezeichnete, bekamen nur eine kleine Rente.

Die Beamten wurden auch im Krankenhaus und beim Doktor besser versorgt und hatten deshalb ein längeres und besseres Leben.

Die Beamten aber mussten so viele Vorschriften kennen, dass ihnen der Kopf brummte. Bald kannten sie sich gar nicht mehr damit aus, was gerade galt und was sie tun sollten. Deshalb waren auch die Beamten trotz ihrer besonderen Behandlung und großartigen Bezahlung unzufrieden.

Die Beamten machten einmal im Jahr eine Stempel Olympiade. Wer am meisten Formulare in einer Minute abstempeln konnte wurde befördert.

Die Gutmenschen sagten: „Die Fabriken sind aber dreckig. Lasst uns doch die Fabriken vertreiben."

Die Unternehmer und Fabrikbesitzer wurden im Fernsehen als Mörder, habgierig und böse dargestellt. Man vertrieb viele Unternehmer nach Amerika. In Amerika waren die Menschen sehr froh über die deutschen ausgewanderten Unternehmer. Diese gründeten in Amerika neue Firmen und viele Menschen in Amerika hatten dadurch Arbeit und mehr Geld.

Plötzlich gab es immer weniger Fabriken und dadurch auch immer weniger Arbeit. Die wenigen Menschen, die noch arbeiteten, mussten immer mehr von ihrem Lohn abgeben, denn viele andere mussten mit ernährt werden. Sie wurden immer unzufriedener.

Auch die Atomkraftwerke wurden abgeschaltet. Die Gutmenschen nahmen dafür alte Kohlestinker wieder in Betrieb, so dass die Luft verpestet wurde. Sogar die alten Dampfeisenbahnen wurden wieder aus den Museen geholt, denn die Gutmenschen dachten, dass die Elektro - Lokomotiven gefährliche Strahlung abgeben würden.

Der Müll musste ganz genau getrennt werden. Die Gutmenschen aber haben alles später heimlich wieder zusammengeworfen. Der Müll wurde nach Asien transportiert. Kinder in Asien mussten ihn dann noch mal aussortieren, und viele dieser Kinder wurden dadurch krank.

Das meiste vom Müll landete aber im Meer, in den Wäldern und im Dschungel, und auch viele Tiere wurden krank.

Allmählich hörten die Menschen auf zusammenzuarbeiten, stattdessen bekämpften sie einander und jeder dachte, dass die anderen dumm und doof sind und nur sie alleine recht hätten. Da gab es einen Geschlechterkampf, einen Genderkampf, einen Kampf, wie man zusammenleben sollte, ja, es wurde nur noch gekämpft. Ein jeder kämpfte gegen jeden und alles wurde zerstört.

Bald gab es nicht mehr genug zu essen, die Krankenhäuser funktionierten nicht mehr, das Wasser war verschmutzt, die Straßen verstopft. Bald begannen einige Gutmenschen sogar, Menschen, welche anders dachten, zu jagen und zu verfolgen. So ging es den Menschen in dem Land immer und immer schlechter, bis das ganze Land zerstört war.

Dann, als alles zerstört war, begannen die Leute nachzudenken. Aufgrund ihrer Not mussten sie wieder zusammenhalten, sie begannen wieder für eine bessere Zukunft zu arbeiten und bald ging es ihnen wieder besser.

Als es aber den Menschen wieder besser ging, fingen die Gutmenschen wieder an, den anderen zu sagen, was gut sein sollte. Aber dieses Mal waren die Leute klüger, sie stopften sich die Ohren zu und hörten den Gutmenschen nicht zu. Wenn die neuen Gutmenschen neue Vorschriften machen wollten, wurden sie rausgeworfen.

Und wisst ihr, was so lustig an dem Märchen ist? Wenn wir nicht alle aufpassen, kommen die Gutmenschen zurück und machen wieder alles kaputt. Denn die Gutmenschen gibt es, solange es die Menschen geben wird, aber wir hören nicht mehr hin.

Wir leben unser Leben und wissen ganz genau, was für uns gut ist.

Und wenn sie nicht gestorben sind, dann leben die Menschen heute noch und hören nicht auf die Gutmenschen.

Die Alkoholgeister

Es war einmal ein Magier, der lebte in einem fernen unbekannten kleinen Land. Das Land hatte eine komische Regierung. Überall im Lande wurde für Alkohol geworben.

Die Politiker sprachen:" Alkohol ist Teil unserer Tradition."

Die Politiker dachten: „Der Alkohol macht Menschen dumm. Umso leichter können wir dem Volk sagen, was es machen soll."

Der Magier hatte einen Sohn, der ihm viel Sorgen machte. Dieser trank viel zu viel Alkohol und nahm auch andere Drogen zu sich. Drogen sind Mittel, die einen Menschen erst kurz glücklich machen und dann immer dümmer und kränker.

 Jetzt fragt ihr Euch:" Was ist ein Magier?". Ein Magier ist ein Mensch so wie wir alle. Seine Fähigkeiten zu fühlen und zu sehen sind sehr ausgeprägt. Er sieht manches, das anderen verborgen bleibt, So konnte der Magier ab und an auch Geister sehen.

Eines Tages hatte er Angst um seinen Sohn, der sich nicht meldete. Er beschloss seinen Sohn zu besuchen.

Als er an der Haustüre klingelte, tat sich erst nichts. Erst nach einiger Zeit surrte der Türöffner. Er ging die Treppe zur Wohnung des Sohnes hinauf und sah ihn auf dem Sofa sitzen. Drei Geister schwebten über dem Kopf des Sohnes und lachten den Magier höhnisch aus. Dein Sohn gehört uns, riefen die Geister. Der Sohn war noch nicht klar im Kopf. Er hatte am Vorabend zu viel Alkohol eingenommen und sich mit Drogen vergnügt.

Die Geisterwelt besteht vor allem aus verlorenen Seelen. Wenn wir sterben, ruft uns der Geist Gottes zu sich und wir gehen durch einen Tunnel an dessen Ende das Licht scheint. Hier sind die Seelen versammelt und es gibt kein Geschlecht, keinen Neid, keinen Kummer, sondern ewigen Frieden und Liebe. Manche Geister verpassen den Weg durch den Tunnel oder wollen die Erde nicht verlassen, bis es zu spät ist.

Führungslos wandern diese Geister nun über die Erde, einsam und verlassen. Die gesunden Menschen haben selbst eine Seele und sind gut geschützt gegen Geister.

Nur die armen Alkoholiker und Drogensüchtigen haben einen offenen und ungeschützten Kopf. Das ist wie eine Einladung für die verlorenen Geister und sie fühlen sich wohl und besetzen die Kranken Abhängigen.

Oft haben die Geister in ihrem Leben auch getrunken und deshalb den Tunnel verpasst. Diese Alkoholgeister fühlen sich bei einem Menschen, der viel trinkt wie zu Hause.

Der Magier redete kurz mit dem Sohn und fuhr nach Hause. In dieser Nacht ereignete sich etwas Eigenartiges. Der Geist des Magiers suchte die bösen Geister, welche seinen Sohn besetzt hatten. Dann begann ein Kampf.

Die Geister wehrten sich, aber der Magier schlug erbarmungslos zu. Einen nach den anderen packte er die Geister, schleuderte sie gegen die Wand, schüttelte sie und eine unbarmherzige Wut entlud sich über die Geister. Diese verloren mehr und mehr ihr Aussehen und ihre Energie. Der Kampf dauerte die halbe Nacht.

Als der Morgen graute, lagen nur einige Aschekrümel in der Ecke des Raumes, in dem der Kampf stattgefunden hatte. Die Geister rührten sich kaum noch, nur ein ganz kleines Auge schaute noch aus der Asche. Der Magier erwachte und fühlte sich sehr müde und ausgelaugt.

Was denkt ihr ist mit dem Sohn passiert? Für fast zwei Wochen trank er keinen Alkohol mehr. Aber als er wieder zu trinken anfing, bekamen die Alkoholgeister neue Nahrung und wuchsen wieder, bis es ihnen so gut wie nie zuvor ging.

Der Magier war sehr bekannt in der Gegend und viele Menschen kamen zu ihm, um gesund zu werden. Eines Tages behandelte er eine Frau, die ein Medium war. Wisst ihr, was ein Medium ist?

Ein Medium kann die Verbindung zwischen der Geisterwelt und den Menschen herstellen. Dann besetzt ein Geist das Medium und spricht über den Mund des Mediums zu den Menschen. So nützen Menschen ein Medium, um zum Beispiel mit einem weisen und klugen Geist zu sprechen. Meist kennt ein Medium nur einen guten Geist. Dieser spricht dann durch das Medium. Dann können Menschen den Geist um Rat fragen.

Es kroch ein Geist durch das Medium in die Hand und den Arm des Magiers. Er spürte den fremden Geist, der über das Medium und die Hand versuchte in seinen Körper zu gelangen. Deshalb unterbrach der den Kontakt und er ging zu einem Wasserhahn und wusch die fremde Energie des Geistes aus dem Arm. Der Arm fühle sich noch ein paar Stunden komisch an, aber dann war der Magier wieder er selbst.

In dieser Nacht geschah etwas Eigenartiges. Der Geist, der versucht hatte, den Magier zu besetzen, rief den Magier. „Hallo, ich heiße Kurt und will Dir nichts Böses. Ich bin einer der Alkoholgeister, die deinen Sohn besetzen. Wir finden den Weg nicht nach Hause und bitten Dich um Hilfe."

Der Magier erwachte. Lange überlegte er, wie er den Geistern helfen könne. Dann meditierte er und rief die Geister. Er nahm Kontakt auf und führte sie zu dem Tunnel des Lebens. Einige Nächte dauerte es, bis auch der letzte der Geister den Weg nach Hause gefunden hatte. Bei den ersten beiden ging es schnell. Sobald sie den Tunnel erkannten, ging es auch schon los und sie flogen und flitzten durch den Tunnel auf Nimmer Wieder Sehen.

Der dritte wollte auch nach Hause. Er hatte im Leben viel Schuld auf sich geladen und hatte Angst. Er dachte, dass er bestraft werden würde, sobald er am anderen Ende des Tunnels sei. So ging er nur wenige Schritte in den Tunnel hinein, ganz vorsichtig.

Die nächste Nacht ging er ein wenig weiter und mehr und endlich nach fast einer Woche traute auch er sich und flutsch. Er war durch den Tunnel ins Licht geflogen.

Der Sohn war nun unbesetzt und konnte sich von dem Alkohol lösen. Die Geister waren sehr dankbar, über die Hilfe des Magiers. Sie konnten ihn nicht mehr sprechen, aber sie schickten ihm gute Energie vom Jenseits und der Magier freute sich.

So geht nun diese Geschichte zu Ende. Ob ihr es glaubt oder nicht: Diese Geschichte ist wahr und ein guter Freund hat sie mir erzählt.

Der Schorsch und der Helmer

In der letzten Geschichte des Buches will ich euch von meinen zwei Freunden namens Schorsch und Helmer erzählen. Wir drei waren nicht die engsten Freunde, aber wir kannten uns gut und haben uns immer wieder bei Geburtstagsfeiern oder an Silvester getroffen.

I.   Schorsch

Der Schorsch wuchs in einem kleinen Dorf als Sohn des Schreiners auf. Sein Vater hatte eine Werkstatt mit einer gut ausgestatteten Werkstatt auf dem Land in einem kleinen Dorf. Seine Mutter starb bereits, als Schorsch fünf Jahre alt war. Sein Vater hatte den zweiten Weltkrieg erlebt und war ein wortkarger, in sich gekehrter Mann. Viel Liebe hat der Junge nicht erfahren. Er gab sich viel Mühe seinem Vater zu gefallen, aber nichts konnte er dem Vater recht machen. Schorsch bekam jeden Tag zu hören: „Du bist so ein fauler Nichtsnutz."

Der Junge gab sich trotzdem große Mühe, denn er wollte eines Tages ein guter Schreiner werden, um seinem Vater zu zeigen, was er alles kann.

Der kleine Junge wuchs heran, während der Vater immer mehr Alkohol trank. Der Vater war schließlich ein Trunkenbold und Schorch musste im Alter von zwanzig Jahren die Werkstatt übernehmen. Der Vater war ständig betrunken und nicht mehr in der Lage zu arbeiten

Abends nach der Arbeit trafen sich Schorschs Freunde bei ihm in der Werkstatt und was glaubt ihr, haben die Jungs gemacht? Jeden Abend gab es ein paar Bierchen und sie hatten viel Spaß miteinander.

Schorsch arbeitete sauber und schnell und die Werkstatt lief gut. Er hatte sich im Ort und darüber hinaus einen Namen gemacht.

Tagsüber trank der Schorsch auch einige Bierchen. Der Druck, die Schreinerwerkstatt zu führen und die vielen Aufträge abzuarbeiten, lastete schwer auf seinen Schultern.

143

Ich war gerade siebzehn Jahre alt geworden und wir feierten in dem Jahr, als der Schorsch die Schreinerei übernommen hatte, zusammen Silvester.

Es gab ein Fondue und leckere Soßen. Mein Schwager hatte eine Bowle gemacht mit besonders viel Alkohol. Der Schorsch prostete ständig in die Runde. Ich selbst vertrage Alkohol nicht so gut, und wollte mich an dem Abend nicht betrinken. Dem Schorsch gefiel das gar nicht und er fand mich ziemlich blöd. „Ein deutscher Mann trinkt auch was", lallte er gegen zehn Uhr in meine Richtung.

Als um Mitternacht die Sektkorken knallten, lag der Schorsch unter dem Tisch und schlief in seinem Alkoholrausch tief und fest. Ich versuchte ihn zu wecken und als er die Augen aufschlug, sagte ich: „He Schorsch, ein deutscher Mann trinkt auch was. Los steh auf und trink mit uns!". Schorsch blinzelte kurz, dann machte er seine Augen wieder zu und schlief seelenruhig weiter.

In den vielen Jahren, als wir älter wurden, traf ich manchmal den Schorsch. Er hatte seine damalige Freundin geheiratet und sie hatten eine gemeinsame Tochter. Leider ging es mit Schorsch beständig bergab. Er trank mehr und mehr Alkohol. Bald konnte er die Schreinerwerkstatt nicht mehr betreiben, denn er war sehr unzuverlässig und er hatte bald keine Kunden mehr. Tagelang hing er betrunken in der Werkstatt herum. Schorsch und ich, wir verloren uns aus den Augen.

Zwanzig Jahre später, als er um die vierzig Jahre alt war, trafen wir uns wieder. Schorsch arbeitete zu der Zeit für eine Firma, welche Fenster auswechselte. Es war eine harte Arbeit, aber er hatte einen geregelten Tag. Leider trank er immer noch. Die Ehe war schon lange geschieden, denn die Frau konnte seine Betrunkenheit nicht mehr aushalten. Seine Tochter wollte von ihm auch nichts mehr wissen und schämte sich für den Vater. Schorsch war eine gescheiterte Existenz.

An der Geburtstagsfeier eines gemeinsamen Bekannten waren Schorsch und ich auch eingeladen. Mein früherer Freund hatte schwer abgebaut. Keine Arbeit konnte er mehr machen. Er war von morgens bis abends betrunken und seine Hände zitterten. Er war verblödet und babbelte nur wirres Zeug vor sich hin. Ich denke, der Freund hatte ihn aus Mitleid eingeladen. Er war keine Bereicherung für die Feier und er tat mir leid.

Der letzte Stand zehn Jahre später ist nun, dass Schorsch heute in einem verwahrlosten Ein-Zimmer-Apartment lebt. Seine geschiedene Frau bringt ihm Essen vorbei und räumt ab und an auf. Sein Leben ist zerstört und er dämmert dem Ende entgegen. Ich wünsche ihm, dass er nach seinem Tod auf einen gnädigen Richter trifft. Es tut mir sehr leid, dass ein junger Mensch, der sich so viel Mühe gegeben hat, so traurig und einsam enden muss.

II.   Helmer

Mein anderer Bekannter, von dem ich dir erzählen will,
war der Helmer. Helmer wuchs in auch in keiner guten
Familie auf. Sein Vater hatte im 2. Weltkrieg in der
Hitlerjugend gekämpft und war wegen einer
Kriegsverletzung schwerbeschädigt. Helmers Mutter
musste hart arbeiten, damit die Familie genug zum
Essen hatte.

Was Helmers Vater im Krieg erlebt hatte, war furchtbar.
Wenn der Vater wieder einen seiner Angstschübe
hatte, konnte er nicht anders, als den Jungen zu
verprügeln. So lernte der Helmer, dass es besser ist
sich unsichtbar zu machen und seinem Vater aus dem
Weg zu gehen.

Damals dachte man noch, dass es gut für die Erziehung wäre, wenn man Jungen so oft als möglich windelweich schlägt. Man dachte, dass dies die Jungen härter macht. Die Väter, welche so hart zuschlagen mussten, um ihre Jungen für Leben tauglich zu machen fühlten sich gut dabei. Helmers Vater schlug oft aus seiner inneren Angst heraus. Danach ging es dem Vater wieder besser.

Viele Jungen, wie auch ich in meiner Kindheit wurden damals ohne Grund, von den Eltern verprügelt.

Der Junge besuchte die Realschule und lernte einen Beruf. Ich kann mich an den Helmer gut erinnern, denn er hatte erst ein Zündapp Moped und dann ein BMW: Motorrad. Das Motorrad lief 110 km/h. Das war für damalige Verhältnisse sehr schnell.

Wie alle jungen Männer wurde auch er zum Wehrdienst eingezogen. Er wurde nach der Grundausbildung zu einer Panzereinheit versetzt.

151

Bei der Bundeswehr war es sehr langweilig, denn die Soldaten hatten in Friedenszeiten wenig zu tun. In seiner Einheit war ein Teil der Offiziere schon am Morgen betrunken. Es war üblich, viele Mengen Alkohol in sich hineinzuschütten. Die anderen Offiziere hatten Nebenjobs, um sich die Langeweile zu vertreiben. Auch mein Jugendfreund Helmer konnte sich dem Trinken nicht entziehen. Wer nicht mittrank, galt als „Kameradenschwein" und wurde schikaniert. So gewöhnte er sich an den täglichen Alkohol.

Die Bundeswehr wurde zu der Zeit als die Trinkereinheit der Nation berühmt. Viele junge Männer wurden in gesundem Zustand zum Wehrdient eingezogen und kamen als alkoholkranke, gebrochene Menschen wieder nach Hause. Die Bundeswehr hat viel Schaden angerichtet und die Offiziere haben viel Schuld auf sich geladen.

Als Helmer aus der Wehrpflicht entlassen wurde, hatte er sich sehr verändert. Er hatte sich an den Alkohol gewöhnt und war abhängig geworden.

Seine Freundin gab ihn nicht auf und half ihm. Er wurde in eine Entzugsklink geschickt und er konnte sich von der Alkohol-Abhängigkeit befreien. Als ich ihn das letzte Mal traf, hatte er sich eine kleine Firma mit einigen Gesellen aufgebaut, mehrere Kinder und ein glückliches Familienleben.

So kannst du also sehen, dass die Kindheit schon wichtig für das spätere Leben ist. Die moderne Gehirnforschung hat ergeben, dass die Kindheit zu etwa einem Viertel unser Handeln im Leben beeinflusst.

Wir sind jedoch für unser Leben selbst verantwortlich. Wir selbst sind für unser Tun und unsere Entscheidungen, unsere Gefühle verantwortlich und es liegt an uns, ob wir verantwortungsvoll und gut leben oder ob wir stranden.

Der Schlüssel zu unserem Leben und Glück gehört nur uns. Wir können die Türe zu unserem Lebensglück aufsperren und hindurch gehen.

Theorie Teil: Der Alkohol

Habt ihr schon mal Menschen gesehen, die Alkohol trinken? Alkohol ist ein Gift, das im Bier, Wein und Schnaps vorhanden ist. Wenn Früchte oder Saft vergärt, dann entsteht Alkohol.

Dieser Teil ist schwerer zu verstehen. Vielleicht könnt ihr den Teil mit jemand lesen, der auch erklären kann.

Die Geschichte des Alkohols

Vor rund 10 000 Jahren in der Mittelsteinzeit wurde der Alkohol entdeckt. Zu dieser Zeit begannen die Menschen sesshaft zu werden. Sie entdeckten den Alkohol zufällig, als dieser im Gärungsprozess überreifer (Feld-) Früchte entstand. Seit dieser Zeit wird Alkohol überall auf der Welt als Medizin und Genussmittel hergestellt.

Die alkoholischen Getränke waren in alten Zeiten den Priestern, Heilern und Schamanen vorbehalten. Der Alkohol wurde auch bei Kranken angewendet, um Schmerzen zu lindern.

Die Römer brauten Wein aus Weinreben. Die Germanen und später auch die deutschen Ritter brauten Met aus Honig. Met heißt das Honigbier. Die Germanen sind unsere Vorfahren.

Im Mittelalter war Wein und Bier vor allem den Reichen und oberen Klassen vorbehalten. Der Adel und die Priesterschaft konnten sich gute alkoholische Getränke leisten.

Ihr kennt vielleicht das Sprichwort:

Wein nach Bier rate ich Dir.

Bier nach Wein – lass sein.

Die unteren Schichten, die Handwerker, Bauern und einfachen Bürger tranken Bier und die oberen Schichten der Gesellschaft vorwiegend Wein.

Wenn jemand, der vorher Wein getrunken hatte sich nur noch Bier leisten konnte, so war er in der Gesellschaft abgestiegen.

Zu dieser Zeit war der Alkoholgehalt im Wein und Bier gering. Bier wurde auch oft als Wasserersatz verwendet, denn durch den Gärungsprozess wurden Bakterien und Krankheitserreger abgetötet. Zu dieser Zeit, was das Wasser oft verschmutzt und ungenießbar. Als ich Kind war, gab es das Heuerbier. Das war ein Bier spezielle für die Bauern und hart arbeitenden mit vielen Mineralstoffen und wenig Alkohol.

Habe ihr schon einmal von dem dreißigjährigen Krieg gehört? In diesem Krieg kämpften die Katholiken gegen die Protestaten bis zur Erschöpfung. Ganze Landstriche waren verwüstet und viele Menschen getötet. Bei den Friedensgesprächen ist überliefert, dass die deutschen Adligen bereits ab Mittag so betrunken waren, dass keine Verhandlungen mehr möglich waren.

Im 16. Jahrhundert wurde das Brennen und der Brandwein erfunden. Von da an gab es hoch konzentrierten Alkohol.

Bereits im 11. Jahrhunderts entwickelten die Alchemisten die Destillation von Wein zu Brandwein. Zu dieser Zeit wurde der Brandwein zu medizinischen Zwecken eingesetzt.

Im letzten und vorletzten Jahrhundert begann die Industrialisierung. Es wurden Fabriken gebaut und viele Erfindungen erleichterten das Leben. Den Arbeitern ging es aber sehr schlecht und viele ertränkten ihr Elend im Alkohol.

In Preußen lag der Branntwein-Pro-Kopf-Verbrauch pro Jahr – gemessen in reinem Alkohol – um 1800 noch bei 2 – 3 Litern.

Diese Zahl verdoppelte sich nun innerhalb von 2 Jahrzehnten. So stieg in den 1830er und 1840er Jahren der Verbrauch auf über acht Liter pro Kopf und Jahr. Auch die Zahl der Wirtshäuser stieg im Verhältnis zur Bevölkerung in der zweiten Hälfte des 19. Jahrhunderts.

Ratet mal wieviel Alkohol die Menschen in Deutschland im Durchschnitt pro Person jedes Jahr trinken: „**13 Liter.**" Damit sind wir in Deutschland Weltmeister der größeren Länder.

Fakten über Sucht

In Deutschland trinken zehn Millionen Menschen regelmäßig zu viel Alkohol. Das ist jeder achte, aber bei dieser Zahl des Gesundheitsministeriums sind die Kinder mitgezählt. Wenn wir die Kinder herausrechnen, dann trinken viele Menschen zu viel Alkohol.

Wir haben etwa 4 Mio. Menschen, welche alkoholkrank sind. Zusätzlich gibt es 2,3 Mio. Medikamenten - und 320000 Drogenabhängige. In den Großstädten sind bis zu 25 % aller jüngeren Menschen suchtkrank. Sucht ist eine gesellschaftliche Seuche, die zunimmt.

Wisst ihr, was eine Sucht ist?

Stellt Euch einmal vor, jemand kann nicht schlafen und nimmt nun jeden Tag Schlaftabletten. Bald muss sie aber mehr Tabletten einnehmen, weil sich der Körper an die Tabletten gewöhnt. Sie braucht die Tabletten, sonst schläft sie nicht mehr. Sie ist abhängig und süchtig geworden. Sie kann nicht mehr aufhören. Das nennt man Sucht. Sucht ist ein Verlangen, dass immer mehr und öfter befriedigt werden muss.

Abhängigkeit ist ein Verlangen, bei dem man sich zwar Schaden zufügt, aber man braucht nicht immer mehr.

Sucht ist eine Abhängigkeit, bei der man immer <u>mehr und mehr</u> von dem Suchtmittel braucht.

Deutschland steht auf Rang 5 in Europa mit ca. 75 000 Alkohol Todesfälle pro Jahr (also weit mehr als Corona). Das sind aber nur die direkten Todesfälle. Alkohol verursacht auch viele Krankheiten. Alkohol schädigt das Immunsystem und viele Menschen bekommen Krebs und besonders Frauen den Brustkrebs.

Der Staat nahm 2005 3,4 Milliarden Alkoholsteuer ein. Die Werbeausgaben betragen 579 Millionen und die Krankenkosten pro Jahr ca. 20,2 Milliarden. Der Staat erhält Steuern durch den Verkauf von Alkohol. Die Kosten für die vielen Alkohol Kranken sind aber viel höher und betragen weit über 40 Milliarden Euro.

Alle finden es lustig, wenn jemand viel trinkt und auch manchmal sehr betrunken ist. Wenn jemand aber vom Alkohol krank wird, dann wird er gemieden. Die Alkoholkranken werden oft als Alki bezeichnet.

Die Arbeitskollegen reagieren meist als erste und animieren den „Alki" noch zum Trinken und Machen sich einen „Spaß" daraus.

Trockener Alkoholiker ist jemand, der keinen Alkohol mehr trinkt aber vorher süchtig war. Habt ihr auch schon mal gehört, wenn Kollegen sagten: „Du bist doch ein guter Kumpel und trinkst mit uns" Man macht sich einen Spaß daraus, Jungs abzufüllen.

Ein „gesunder" Rausch wird gefördert. Eine falsch verstandene Tradition „Anzapft isch" verstärkt die Ausbreitung der Krankheit.

Die alkoholabhängigen Menschen sind krank. Sie können meist nicht von selbst aufhören. Sie sind nicht charakterschwach. Durch die Erkrankung wird nach und nach das Leben zerstört. Der Kranke verliert die Arbeit, oft die Familie und oft sagt sogar das Jugendamt, dass der Kranke die Kinder nicht mehr sehen darf.

Ursachen:

Warum beginnt jemand Alkohol zu trinken?

Durch den Alkohol fühlen sich die meisten Menschen lustig und stark. Alle Probleme verschwinden, bis zum nächsten Tag, wenn der Kopf brummt.

Sucht ist immer eine Fehlfunktion der Botenstoffe im Hirn.

Was sind nun Botenstoffe im Gehirn? Unser Gehirn produziert viele Botenstoffe, die in unserem Körper die Gefühle steuern.

Hier beschreibe ich die wichtigsten:

Dopamin – macht ganz ausgelassen und fröhlich
Serotonin -- macht gelassen und wir können das Leben annehmen
GABA -- beruhigt und macht und sanft und liebevoll
Noradrenalin -- brauchen wir beim Sport. Der Körper wird eine Belastung angepasst.

Durch den Alkohol und andere Drogen wird die Produktion von Neurotransmittern angeregt.

Man nennt diese Struktur im Gehirn das Belohnungszentrum. Oh,… wir fühlen uns gut dabei.

Aber das Gehirn gewöhnt sich daran und produziert nun diese Gefühlsstoffe nur noch mit Alkohol. Und das Gehirn braucht immer mehr Alkohol, sonst produziert es nicht und der Alkoholiker fühlt sich krank und hat schlechte Laune.

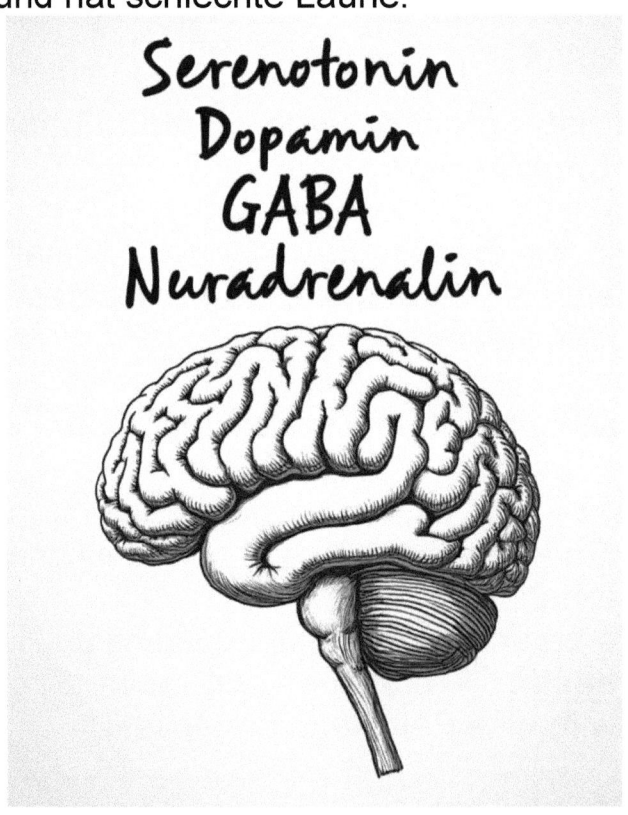

Diese Fehlfunktion in der Produktion der Botenstoffe, welche ein gesundes Gehirn selbst produziert, sind einer der der Hauptgründe von Sucht.

Symptome

Wie merkt ihr nun, ob jemand Alkohol krank ist oder wird?

Wenn jemand jeden Tag Wein oder Bier trinkt, ist das schon ein Zeichen, dass was nicht stimmt im Leben.

Hat jemand richtig viel Lust Alkohol zu trinken?

Bei den Menschen, die regelmäßig Alkohol trinken, wird das Denken und die Einschätzung von Situationen immer schlechter. Der Mensch, der regelmäßig Alkohol trinkt wird „Plem im Kopf und kann nicht mehr richtig denken und nicht mehr richtig entscheiden".

Im Laufe der Zeit entwickeln sich dann Wahnvorstellungen. Der Kranke denkt vielleicht, seine Frau legt sich zu anderen Männern ins Bett. Manche denken, dass die anderen Menschen ständig über ihn reden... und viele andere komische Sachen.

Die Angehörigen merken lange nicht, dass der Süchtige ein „Ver—Rücktes--Bewusstsein" hat.

Die Alkoholerkrankung ist begleitet von weiteren organischen Erkrankungen (Leber, Ausschlägen, Pilzbefall, schwaches Immunsystem) und führt zu einer Gehirnatrophie (Verblödung).

Die Lebenserwartung ist auch bei geringen Mengen (das Gläschen am Abend) deutlich eingeschränkt. Alkohol als Zellgift erhöht auch bei geringen Mengen das Risiko von Erkrankungen (Krebs und auch besonders Brustkrebs).

Auch der nette Nachbar, der täglich abends seine Flasche Wein trinkt, könnte evtl. dann merken, dass er ein Alkoholproblem hat, wenn er einmal einige Tage nichts trinkt. Viele Menschen mit Alkoholproblem fühlen sich vollkommen gesund und prima, bis eine Krankheit wie Krebs, Schlaganfall, Ausschlag, MS sie trifft.

Was der Kranke tun könnte

Ganz typisch für die Alkohol Erkrankung ist es, wenn der Kranke sagt, dass er gar kein Problem hat.

Die Krankheit als Krankheit anerkennen, das ist wichtig. Der Alkoholkranke muss die Scham überwinden, darüber reden und Hilfe suchen. Erst dann kann Heilung und Behandlung beginnen.

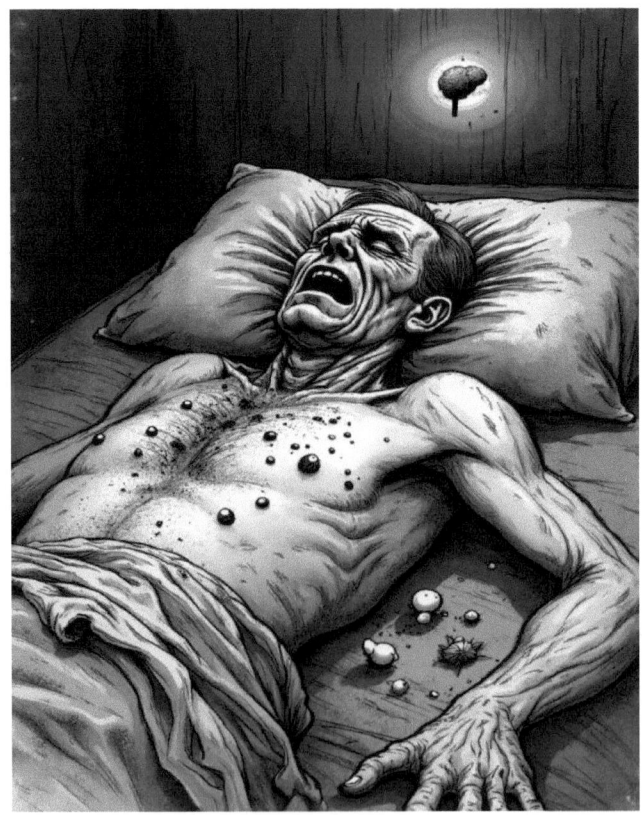

Was Angehörige und der Arbeitgeber tun kann

Die Angehörigen sind oft Co-abhängig. Sie tun alles, damit sie keine Vorwürfe hören müssen und die Liebe zum Alkohol Kranken nicht verlieren. Den Kranken aber interessiert nur, dass er seinen Alkohol bekommt. Die Mitmenschen sind ihm egal und nur wichtig, um seine Sucht zu unterstützen.

Ein Co-Alkoholiker (Angehöriger) wird alles tun, um die Sucht zu verbergen. Er wird vom Kranken alles Belastende abhalten. Dies fördert die Sucht jedoch.

Der Arbeitgeber, genauso wie die Angehörigen sollten die Krankheit offen ansprechen und klare Grenzen setzen. Der Arbeitgeber kann eine Kur oder eine Behandlung fordern und danach Kontrollmechanismen einbauen, um einen möglichen Rückfall schnell zu erkennen.

Die Angehörigen sollten den Kranken die Folgen seiner Taten selbst ausbaden lassen. Also nicht bei der Polizei lügen, damit der Kranke den Führerschein behält und Alkoholika in verschiedenen Geschäften kaufen, damit es nicht auffällt. Wenn Nachbarn oder Freunde fragen, so sollte man offen über die Krankheit reden.

Fast vergessen:

Die Eltern können dem Kind durch Alkohol schaden. Wenn die Eltern drei Monate, bevor sie ein Kind machen trinken, dann kann es sein, dass das Kind nicht besonders klug wird.

Wenn die Mama in der Schwangerschaft trinkt, dann kann es sogar sein, dass die Kinder mit Behinderungen auf die Welt kommen. Dabei reicht schon ein Glas Wein aus, um die Kinder im Bauch der Mama zu beschädigen.

Weil aber viele Erwachsene Alkohol trinken, nimmt die Intelligenz in unserer Gesellschaft ab. Die Menschen werden nicht klüger, sondern verdummen. Das kann man nicht einfach feststellen. Wenn der Papa Alkohol trinkt, dann kann es sein, dass das Kind später in der Schule Probleme hat.

Viele Details zum Alkohol könnte ihr in Wikipedia und diesen Homepage nachlesen:

https://de.wikipedia.org/wiki/Alkoholkrankheit

https://www.geschichte-lernen.net/geschichte-des-alkohols-antike-bis-weimarer-republik

https://www.bundesdrogenbeauftragter.de/themen/suchtstoffe-und-suchtformen/alkohol/

https://www.gesundheitsinformation.de/wo-bekomme-ich-rat-und-hilfe.html

https://www.anonyme-alkoholiker.de/

https://al-anon.de/